【悲報】売れないダンジョン配信者さん、

LIVE

うっかり超人気美少女インフルエンサーをモンスターから救い、バズってしまう ②

著 taki210

Hihou urenai
dungeon
haishinsha san

主な登場人物

桐谷《きりたに》奏《かなで》

超人気ダンジョン配信者。
いわゆるインフルエンサー。
超絶美少女で、性格まで
良い。神木とはクラスメイト。

神木拓也《かみきたくや》

本作の主人公。見た目も
中身も超平凡な高校生。
ダンジョン配信をしているが、
いつも視聴者は0。
とはいえ探索者としては
才能があるらしい!?

風間《かざま》祐介《ゆうすけ》

神木の腐《くさ》れ縁《えん》幼馴染《おさななじみ》。
ネットに詳しい。
小狡《こずる》いようで、意外といい奴?

XQD《エクスキューディー》
配信サイトついーちにおいて、全世界で一、二を争うほどの超人気配信者。
佐々木竜司《ささきりゅうじ》
有名クラン「黒《くろ》の鉤爪《かぎづめ》」に所属する成人探索者。かなり好戦的な性格。
???
謎のパンティ。
(•))LIVE
10k

第1話

それから二週間が経過した。
（なんで俺、同接《どうせつ》維持しちゃってるんだ……？）
結論から言おう。
俺、神木拓也《かみきたくや》は万超えの同接（同時視聴者数のこと）をいまだに維持していた。
『グゲゲ……』
『グゲェ……』
『グギッ!!』

〝ゴブリンやん〟
〝消化試合〟
〝瞬殺《しゅんさつ》しちゃってー〟
〝ゴブリン逃げろ!!　この化け物はお前らの勝てる相手じゃないぞ!!〟
〝これほど安心して見れるダンジョン配信もなかなかないのである〟
〝神木拓也の配信は下層に入ってからが本番だからな〟

「ゴブリンが三匹ですね……倒します」

今日も今日とて放課後に始めたダンジョン配信。

配信を始めて十分。

俺はいつものように手早く上層を攻略している最中だった。

(数千人レベルまで過疎《かそ》ることも覚悟してたのに……なんでこんなに人が来てくれるんだろう?)

薄暗いダンジョンの通路。

暗闇の向こうから現れてこちらに歩いてくるゴブリン三匹に一応気を払いながら、俺は頭の中でそんなことを考えていた。

下層で、ダンジョンの中で稀《まれ》に起こる予測不可能な事態——イレギュラーによって現れたドラゴンを単独討伐したのが今から二週間前。

あれから俺は現在に至るまで、ほぼ毎日ダンジョン配信を続けてきた。

体を休ませるためにダンジョンに潜《もぐ》らない日であっても、雑談配信などを行うことで間を繋《つな》いできた。

それはひとえに、少しでも固定視聴者を確保したいという努力だった。

最終的に10万人を超える同接を記録した伝説の配信。

あの配信に来てくれた視聴者の中から十分の一、いや、百分の一でもいいから俺の固定視聴者にする。

そのために、平日だろうが休日だろうが、構わず毎日配信を続けてきた。

本当を言うと定期テストが近づいててそろそろ勉強とかに力を入れないとやばい時期なのだが、それでも俺は赤点取るリスク承知で学校生活を犠牲にして配信に時間を注《そそ》いできた。

その結果……

二週間が経った現在でも、俺はダンジョン配信界トップレベルの同接を維持していた。

（一時的にバズっただけだし、徐々に減っていっても不思議はないと思うんだがな……）

確かに努力はした。

だがここまでうまくいくのは流石《さすが》に想定外だ。

現在の俺の直近二週間の平均同時接続数は７万人。

どんな配信……たとえ雑談配信であったとしても、毎回６万人以上の視聴者が俺の配信を訪れてきてくれている。

（配信界隈《かいわい》で努力が実を結ぶことってなかなかないんだがな……）

競争の厳しい配信界隈。

一時期バズりスターダムにのし上がった配信者が半年後には消えていてオワコンとすら言われなくなる……というそんな厳しい世界。

超人気配信者の桐谷奏《きりたにかなで》を助け、ドラゴンを倒し、同接10万人超えを記録し、バズりにバズった俺だが、その後は徐々に人が減っていき、数ヶ月後にはすっかり過疎配信者になっていた……というルートに入っていたっておかしくはなかった。

だが結果として俺は高いレベルの同接を維持していた。

流石に10万人超えはあれ以来経験していないが、コンスタントに6万人以上の同接を叩き出している。

登録者もなんの間違いか100万人を突破してしまった。

SNSのフォロワーも80万人を超えている。

正直言ってここまでの成功は俺自身、予想だにしなかった。

(俺はただダンジョン攻略してるだけなんだがな……)

何か変わったことをしたわけじゃない。俺はこれまでやってきたようにただダンジョン配信を続けているだけだ。

機材だって……いまだにスマホのままだ。

手ブレがひどいし、画質も悪い。

……あの運営さん、収益化まだですか?

『グゲェエエ‼』

『グギイイイ！』

『グゲェッ‼』


〝おーい、神木？　ゴブリンもう目の前だぞ？〟

〝何ぼんやりしてんだ？　さっさとゴブリンぐらい倒してくれよ～〟

〝早く下層に行こうぜー。強いモンスターと戦ってるお前が見たいよ〜〞
〝流石に油断しすぎだろ〜〞
〝まぁ神木さんならゴブリンに攻撃されたところでダメージないだろうけど〞

「おっと、すみません……考え事してました」

気づけばゴブリンが目の前に迫っていた。

俺は慌てて片手剣を構え直した。

〝戦闘中に考え事……w。相変わらず呑気《のんき》だなぁ……〞
〝余裕すぎるだろ……w〞
〝まぁ神木拓也レベルの実力だと上層のモンスターに対して気合いも入らないんだろ〞
〝片手間みたいな感覚で上層攻略してんやろな〞

「えーっと……どの辺だろう？」

俺はすぐ目の前に迫りつつあるゴブリン三匹の前でしゃがんだ。

『グギィ!!』

一番手前にいたゴブリンが細い腕で、しゃがんだ俺に攻撃をしてくるが、ハエの止まるようなスピードなので問題なく避ける。

「よし、見えた……！」

しゃがみながら、俺は攻撃すべき点を見つけた。

「ほいっ!!」

そしてその見つけた点に向けて、片手剣による斬撃を放った。

斬《ざん》ッ!!

スパパパッ!!

空気を切り裂く音とともに、斬撃が飛び、ゴブリン三匹が一気に切り裂かれた。

体の一部を大きく欠損し、致命傷をくらった三匹はバタバタとドミノ倒しのように倒れていき、死体となって地面に転がった。

やがてダンジョンの地面が死体を吸収し始める。


〝おー……なんか気持ちいいな〟

〝パズルゲームで連鎖するみてーに倒しやがったwww〟

〝なんか綺麗《きれい》すぎて芸術性すら感じる倒し方だったぞwww〟

〝なんかただ雑魚《ざこ》と戦うだけじゃつまらないから、いかにして華麗《かれい》に倒せるかを追求してないかこいつw〟

〝しゃがんでなんか探してたみたいですけど、何してたんですかー？〟

「しゃがんでたのはですねー……」

俺は足を止めずにダンジョンの通路を進みながらコメントに返答する。

最近だとダンジョンを攻略しながら勢いよく流れるコメントを拾い、返答するなんてことまでできるようになった。

慣れってすごいね。

「三匹の重なりを探してました」

〝重なり？〟

〝どゆこと？〟

〝またわけのわからんこと言いだしたぞ……〟

〝どういうことですか？〟

「ああいうふうに縦一列に並んだモンスターだと、攻撃すれば同時に倒せる場所があるんですよね……それを探してタイミングよく攻撃するんです。そしたら同時に倒せます。効率がいいんでおすすめのやり方ですね」

〝おすすめったってお前にしかできねぇよｗ〟

〝そんなことしてやがったのかｗ〟

〝相変わらず化け物ｗ〟

〝もはやただモンスターを倒すだけでは飽《あ》き足らないと……？ｗ〟

〝神木拓也最強！〟


「別に舐《な》めプじゃないですよ。本当にこっちのほうが効率がいいんで……上層は早く抜けちゃいたいんです」


そう言いながら俺はチラリと同接を見る。

配信を始めて十二分が経過している。

現在の同接は３万５０００人ほど。

大体いつもぐらいのペースで増えていっている。

これが上層を攻略する頃には４万人。

中層を抜ける頃に５万人。

そして下層を攻略し始めると、６万人から７万人に近い数まで同時接続が増える。

これがここ最近の俺の配信のパターンなのだ。

(毎日平均して７万人が俺の配信を見に来る……うーん、いまいち実感が湧《わ》かないんだよな)

同接０でやってた下積み期間が長かったからだろうか。

自分が毎日これだけ多くの人に見られている実感がいまだに湧かない。

チャンネル登録者やフォロワーは日々数万人単位で増えてるし、海外にも多数の翻訳切り抜きが出回っている。

……ここまで順調だと、逆に怖くなってくるぐらいだ。

「本当にいつも見てくれてありがとうございます」

気づけば俺は自然と、配信を見てくれている視聴者にお礼を言っていた。


〝いきなりどうした……？〟

〝どうした急に〟

〝お？　突然どうした……？〟


当然のように視聴者にツッコまれる。

俺は頭を掻《か》きながら言った。

「いや……なんで俺なんかの配信をこんなに見てくれてるんだろうって急に思って……」


〝そりゃ見るだろ〟

〝面白いからだぞ〟

〝お前強いしな〟

〝むしろ今お前のダンジョン配信を見ずして誰を見るんだ？〟

〝いつも思うがお前自己評価低すぎやぞ〟

〝うーんこの実力でこの自信のなさ……ｗ　正直嫌いじゃないっすｗ〟

〝切り抜きが儲《もう》かるから！〟

〝神木先輩いつも切り抜き収益ごちです！〟


「みんな……」

面白いから。

お前を見ずして誰を見る。

そんなコメントが流れて俺はちょっとジーンとしてしまった。

……若干現金な切り抜き師の連中のコメントも目に映ったけど。

まぁ大概の視聴者が、俺の配信を楽しんでくれているようだった。


〝神木拓也がデレた……ｗ〟

〝息子みたいな感覚で見てます。年齢的にそのぐらいなのでｗ〟

〝これからも応援してます。頑張ってください〟

〝俺はすでにお前が配信を止めるまで見届ける覚悟でいるぞ神木拓也〟

〝神木拓也最強！　神木拓也最強！〟

〝探索者なのでモンスターとの戦闘の参考にと見てます……神木さん強すぎてあんまり参考にならないですけどｗ〟

「皆さんありがとうございます。これからもダンジョン探索毎日頑張ります。探索の参考に見ていただけるのも嬉しいです。聞きたいことがあればいつでも答えますので」

〝俺は新たな語録が生まれる瞬間を楽しみに見てるぞ！ｗ〟


いや唯一その理由では見てほしくないんだが。

上層を攻略する頃には同接は４万人を超えていた。

大体いつも通りのペースだ。

「上層攻略完了です……タイムは……二十分です」


〝はっやｗｗｗ〟

〝攻略スピードやばいだろｗｗｗ〟

〝相変わらず化け物〟

〝ゲームのＲＴＡでも見てるような感覚〟

〝あれぇ？　俺たちが見てるのって命かかったダンジョン探索配信だよね……？〟

〝上層の雑魚モンスターでも群れに遭遇したら厄介《やっかい》だし、ほとんどの探索者がそれなりの安全マージンを確保しながら進むから普通はどんなに早くても一時間ぐらいはかかるはずなんだが……〟

上層攻略にかかった時間は二十分。

これはなかなかのタイムと言えるだろう。

最近では配信をしながらダンジョンを攻略することにもすっかり慣れたので、コメントの返信などで攻略が遅延することもなくなった。

割とテンポのいい配信を届けられていると思う。

……本当にあとはいい機材で配信をしたい。

運営さん、本当に収益化、よろしくお願いします。

「それでは今から中層に入ります」


〝おいーす〟

〝頑張れー〟

〝中層もパパッと攻略してくれ～〟


中層に入ることを視聴者に一応宣言してから、俺は中層へと踏み込んだ。

＃　＃　＃

『キチキチキチ……』

ブーーーーン。

『ブモォオオ……！！』

中層に入って最初に遭遇したのは、ダンジョンビーとオークの二匹だった。

「ダンジョンビーとオークが一匹ずつですね。仕留めますよ」


〝ダンジョンビーにオークか〟

〝普通に厄介な組み合わせだよな〟

〝地上型と空中型の組み合わせは普通にだるいよな……普通の探索者だったら苦戦してる〟

〝まぁ、言うても一瞬なんだろうな〟

〝神木拓也のことだ。この厄介な組み合わせもそこまで苦戦しないんだろうな〟


「まずはダンジョンビーから倒しますね」

違うタイプのモンスターが二匹出てきたときの対処は大きく二つ。

二匹同時に相手をするか、一匹ずつ倒すか。

俺が選んだのは後者だ。

「ほいっ」

ブォンと手を振って片手剣をダンジョンビーに投げつける。

ザクッ！！！

『キッ……』

ズガァアアアン！！！

投擲《とうてき》した片手剣がダンジョンビーに一直線に飛来し、両断する。

二つになったダンジョンビーは、そのまま地面にぼとりと落ちた。

そしてダンジョンビーを両断した片手剣は、轟音《ごうおん》とともにダンジョンの天井に突き刺さる。


〝いつもの〟

〝毎回思うけどこの倒し方いかれてるよなwww〟

〝これぐらいじゃ驚かなくなってきてる自分が怖いwww〟

〝おい神木……お前のダンジョン配信見たあとだと、他のダンジョン配信が物足りなく感じるんだよ……どうしてくれんだ……？〟

〝ダンジョン配信愛好家が神木に依存するサイクルだよな。一度神木の配信を味わってしまうと、他のダンジョン配信では満足できない体にさせられるんだ。で、神木の配信を見ずにはいられなくなる〟

〝麻薬依存の原理やん〟

〝神木拓也の配信は麻薬だった、ってこと⁉〟

「人の配信薬物呼ばわりはやめてください」

〝見られてたwww〟
〝やべばれたwww〟
〝戦闘に集中しろよ神木www〟
〝えー、コメントを見る余裕もあります、と〟

「よっと」

何やら俺の配信を麻薬呼ばわりしている視聴者たちにツッコミを入れつつ、俺はジャンプして天井に突き刺さった片手剣を回収する。

『ブモォオオオ……!!』

「そんでもって、そのまま……」

そして空中で回収した片手剣を握り直し、落下の速度を利用して真下にいるオークを頭蓋《ずがい》から一刀両断する。

ズバッ！！！

「いっちょあがり」

豆腐《とうふ》にナイフを通すような、少し気持ちのいい感覚が手に伝わってくる。

ダンジョンビー同様に二分されたオークが、左右に分かれて地面に倒れた。

すぐにダンジョンの床による死体の吸収が始まる。

〝やべぇ、流れでいったwww〟
〝全然苦戦してないやんwww〟
〝おいおい、この間のダンジョン探索入門書に空中型と地上型の組み合わせは厄介なのでパーティーで挑むのをお勧めしますって書いてあったの、あれなんだったんだよwww〟
〝神木拓也に普通の探索者の原理なんて当てはまるわけないだろwww〟
〝なんか職人の流れ作業でも見ている気分や……〟

「先に進みますね」
何やら賑《にぎ》わっているコメント欄をチラチラ見つつ、俺はダンジョンビーとオークの吸収されつつある死体を跨《また》いでその先に進む。

〝弓を使わなくても空中型を倒せるんですか⁉　どうやったんですか⁉〟
〝探索者目指してます‼　どうやって片手剣をダンジョンビーに当てたんですか……？　動き速くて普通は無理だと思うんですけど……〟

「えーっと、専用武器以外で空中型のモンスターを倒す方法はですね……」

探索者に関する質問がコメント欄にいくつか流れたので俺は歩きながらその質問に答える。

「こう……なんていうかな……動きを読むんです」

俺の探索者講義はいつも意味がわからないと言われがちだからな。

俺はなんとか自分の中にある感覚を言語化しようと努める。

〝動きを読む？〟

〝ほう〟

〝詳しく〟

〝お前ら……まだ懲《こ》りてないのか……〟

〝結果見えてるだろ……〟

〝次元が違いすぎて俺らごときがこいつから学べることなんて何もねぇよ〟

「動きを読むって言うのは……その……先を読むと言いますか……こっちに動くんだろうなって……予想するというか……」

〝そんなことできるんですか⁉〟

〝ちょ、ちょっとよくわからないんですけど……〟

〝動きを読むも何も……ダンジョンビーの飛行速度速すぎて目で追うのもやっとなんですけど……〟

「そ、そこまで難しくないですよ……？　なんていうかその……こうグッと集中するんです、グッと。そうするとダンジョンビーの動きが止まって見えるようになるんです」

〝は……？〟

〝はい……？〟

〝止まって……？〟

〝ほらなwww〟

〝また訳わかんないこと言いだしたwww〟

「グッと集中してほとんど止まって見えるぐらいにスローモーションになったら……次の動きも大体予測できるじゃないですか。羽の動きとか頭の向きとかで。大体そんな感じです」

〝意味わかんないです……〟

〝スローモーションに見えるってなんですか……〟

〝どんな動体視力してるんですか……〟

〝あの……できれば私たちにもできるやり方をご教授いただけると……〟

〝だから言ったろ……？　w〟

〝神木拓也の配信は参考にするもんじゃねーよ。いい加減学べよ www〟

「こ、これ以上説明はできないです……本当にそれだけなんです。グッと集中するんです。そうするとダンジョンビーの動きがスローモーションになります……それで動きを読んで剣を思いっきり投げるんです……本当にそれだけです。誰でもできると思います」

〝いやできねぇよ www〟
〝できるわけねぇだろ www〟
〝なんだよ集中するとスローモーションに見え始めるって……www……お前だけ別次元に生きてるだろ〟
〝真剣に質問したのに……なんだか神木さんのこと嫌いになりそうです〟

「き、嫌いに!?　なんで!?」
めっちゃ頑張って説明したのに、なんか知らんが嫌われてしまった。
俺はへなへなと肩を落とす。

〝あーあ、しょげてら〟

〝おい責任取れよ新参〟

〝これでわかったろ新参ども。神木拓也は参考になんねーんだよ〟

〝おい神木さんが落ち込んでるだろうが！　どうしてくれるんだ‼〟


「先に……進みます……」

何が悪かったのだろうか。

なるべく参考になるように、自分の中の感覚をうまく言語化して噛《か》み砕いて説明したつもりだったのに……

俺が肩を落としながらも歩みを再開させようとした、そのときだった。


「うわぁあああああああ⁉」

「ひ、ひぃいいいいいい⁉」

「誰か助けてくれぇえええええ⁉」


ダンジョンの奥からそんな声が聞こえてきた。

第2話

〝今なんか聞こえなかった？〟

〝悲鳴っぽいの聞こえなくね？〟

〝なんかやばくね？〟

〝何今の声〟


「……？　他の探索者？」

ダンジョンの奥から聞こえてきた悲鳴のような声に俺は首を傾げる。

コメント欄も突然聞こえてきた切羽詰《せっぱつ》まったような声にざわついている。

「うゎあああああああ!?」

「誰か助けてくださぁあああああい!!」

まただ。

また聞こえてきた。

今度は明確に、「助けて」とそう聞こえた。


〝助け求めてね？〟

〝他の探索者がモンスターに襲われてるとか？〟

〝様子見に行ったほうがいいんじゃねーの神木〟

〝見に行ってみようぜ‼〟

〝もしかしたら美少女がモンスターに襲われてるかもしれない……！　今こそ神木ハーレムに新メンバーを迎えるとき……！〟

〝いやどう考えても男の声じゃなかったか？〟

〝男ならハーレムには入れられねーな？　助けなくてよし〟

〝男なら無視で〟

〝いやお前ら薄情《はくじょう》すぎやろwww〟


「一応様子を見に行ってみますね」

コメント欄では男の声だったから助けなくていい、なんて辛辣《しんらつ》なコメントも見受けられるが、どのみち悲鳴が聞こえていた先は進行方向だ。

もし探索者がモンスターに襲われていたりしたら大変だし、俺は様子を見に行ってみることにした。

「ちょっと本気で走ります……画面がブレるかもしれないのでご注意を」

〝ん？　本気？〟

〝おう、お前の配信の手ブレはいつものことだぞ〟

〝おういけいけ～〟

〝神木くんやっぱり優しいね。大丈夫かどうか見に行ってあげるんだ〟

〝おい男だから見捨てろとか言ってた奴、神木拓也の爪の垢煎《あかせん》じて飲めよ〟

〝俺見捨てろなんて言ってないけど、神木拓也の爪の垢煎じて飲みたいです。ちょっと強くなれそう〟

〝私も神木くんの遺伝子体に取り込みたい……〟

〝なんかやベー女視聴者湧いてね？〟


何やらよくわからん会話が繰り広げられているコメント欄は一旦無視だ無視。

俺は手遅れになる前に、悲鳴の聞こえてきた現場に急ぐことにする。

「ーーーッ！！！」

コメント欄に断りを入れ、しゃがみ、そして地面を蹴《け》った。

ヒュゴォオオオオオ……！！！

狭いダンジョンの通路を、壁に当たらないようにしながら全力疾走《しっそう》する。

〝速《はえ》ぇぇえええええええ！？！？〟

〝うぉおおおおお！？！？〟

〝か、風の音すげぇぇえええええええ!?〟

〝イヤホンからめっちゃビュォオオオオって聞こえてくるwww〟

〝車に乗っているとき以上のスピードで景色が流れていくの草〟

〝やばすぎやろwww〟

〝陸上の世界大会で無双《むそう》できるやんwww〟


「……っとと」

スピードゆえ何度も、入り組んだダンジョンの壁にぶつかりそうになる。

そういうときは、無理に地面を走ることなく、壁を走ったりもしてなんとか勢いを殺さずに突き進む。


〝なんか画面が反転した!?〟

〝どうなってんだ!?〟

〝こいつ壁走ってね？www〟

〝壁走ってるwww〟

〝やばすぎやろ www〟
〝ファー www〟
〝ギャグ漫画でしか見たことないやつやん www〟
〝物理法則壊れる～ www〟
〝もうめちゃくちゃ www〟

地面を蹴り、壁を走り、スマホを持ってないほうの腕を振って俺は全速力で駆ける。

その結果、おそらく悲鳴の出どころだと思われる現場に時間をかけずにたどり着くことができた。

＃　＃　＃

『シュルルルルル……』

「ひぃいいい!?」

「誰か助けてぇえええ!?」


〝お、誰かいるぞ……！〟

〝悲鳴上げたのこいつらか……？〟

〝ダンジョンスネークだ!!　襲われてね？〟

〝すげぇ……w　間に合った……w〟

〝これ間に合ったっぽいな〟

〝結構遠くから聞こえてきた悲鳴だと思ったけど、普通に間に合ってて草〟


「あのー、大丈夫ですか？」

「へ？」

「うぇ？」

果たして、そこにいたのは、探索者っぽい若い見た目の男二名とダンジョンスネークと呼ばれるモンスターだった。

ダンジョンスネークは長い舌をチロチロと出し、今にも二人に襲いかかろうとしていた。

そして探索者と思《おぼ》しき二人のほうは、完全に戦意を喪失しているのか、武器を投げ出し、地面に尻餅《しりもち》をついたまま絶望の表情を浮かべている。

これは……一応間に合ったのか？

俺はどう見てもピンチの二人に声をかける。

「助けたほうがいいですか？　そいつ、俺が倒します？」


〝いやなんだその質問はwww〟

〝助けたほうがいいに決まってるやろwww〟

〝ここまで何しに来たんだよｗ　壁まで走ってwww〟

〝一応ね？　獲物の横取りになったらいけないしマナー違反がないか心配してんだろ？〟

〝ピンチを装《よそお》った作戦の可能性も微《び》レ存《ぞん》だからな〟

〝いやそんなわけあるかwww　誰がどう見てもただのピンチやろwww〟

〝この状況でそんなこと心配してんのかよwww〟

〝まぁ、攻撃モーション見たあとでも対応できることから来る余裕だろうな〟

〝ダンジョンスネークなんて神木にしてみれば一瞬だもんな〟

〝まぁ所詮中層のモンスターだしな。結構強いほうとはいえ、こいつにとっては上層の雑魚と変わらないんやろ〟

〝つかこいつら若いな。高校生ぐらいか？〟


一応、二人がダンジョンスネークを出し抜くために演技をしている可能性もある。

それに、何も聞かずにモンスターを倒してしまっては横取りとなり、探索者の間でマナー違反とされる行為になってしまう。

そう思って俺は、同年代ぐらいに見える二人に念のためそう尋ねた。

二人は一瞬ぽかんとしたあと、目を見開き俺を指差して大声を上げた。

「えぇええええええ!?　神木拓也ぁあああああああ！？！？」

「なんでここにぃいいい！？！？」

「え？　俺のこと知ってるの……？」

〝視聴者来たぁあああああ！！！〟

〝いや神木のこと知ってるんかい‼〟

〝そりゃ知っててもおかしくないやろ探索者なら〟

〝よかったな有名人〟

〝神木知られてるやん www〟

〝こいつらまさか視聴者か……？w〟

二人は俺のことを指差して口をぱくぱくとさせている。

そしてそんな二人に近づきつつあるダンジョンスネークは、美味《おい》しそうな獲物を見つけたとばかりに口をぱくぱくさせている。

いや、前見ろ前。

「あのー、前見たほうが……」

「うわぁああああ⁉」

「ひぃいいいいいい⁉」

すぐ近くに近づきつつあったダンジョンスネークの顔に、二人が今さらながら気づき、悲鳴を上げる。

うん、これはどう見ても演技じゃないな。

完全に捕食されかけている獲物だ。


〝そろそろ助けてやれよ神木www〟

〝おーい、神木ー？　食われそうになってんぞー？〟


コメント欄もそう言って急《せ》かしてくる。

わかってるって。

「もう俺が倒しますね」

俺は地面を蹴って大口を開けて捕食しようとしているダンジョンスネークに肉薄《にくはく》。

「うりゃ」

俺の動きに反応すらできていないダンジョンスネークの頭部を思いっきり右足で蹴り上げた。

バコォオオオン！！！

ズガァアアアアアン!!

「「えぇえぇえぇえぇえ！？！？」」

蹴り上げられたダンジョンスネークの体は空中に浮き上がり、ダンジョンの天井に激突する。

潰れた頭部は一瞬天井にめり込んだが、プラーンとなった胴体の重さで取れて、体ごと地面に落ちてきた。

ズゥウウウン……

「死んだ、かな？」

地面に落ちてきたダンジョンスネークは、すでに死体となっているようだった。

粉砕された頭蓋は、原形を留めていない。

足で突いてみたが、ピクリとも動かなくなっていた。

〝やっぱ一撃だったな www〟

〝めっちゃ打ち上がった www〟

〝頭部ぐしゃぐしゃやん www〟

〝粉砕してやがる www〟

〝頭部の勢いで体まで持ち上がってたぞ www　脚力どうなってんだ www〟

〝こいつにサッカーボール蹴らしたら地球一周して帰ってくるやろ www〟

「大丈夫？　怪我《けが》はないかな？」

ダンジョンスネークを仕留めた俺は、唖然《あぜん》としている二人に手を差し伸べる。

二人はしばらく俺と死んだダンジョンスネークを交互に見て口をぱくぱくとさせていたが、やがてハッと我に返ったように言ってきた。

「か、神木さん……助けてください……！」

「も、もう一人いたんですっ……！」

「もう一人……？」

「お、俺たちの仲間が……」

「そ、そいつに食われてしまって……！」

二人がダンジョンスネークを指差した。

「あー、なるほど」

見ればダンジョンスネークの胴体のお腹あたりが、不自然に膨らんでいた。

どうやら俺がここに来るまでに一人丸呑《の》みにされてしまったらしい。


〝うせやろ……〟

〝一人食われちまったんか……？〟

〝そんな……〟

〝マジかよ;;〟

〝おわた;;〟

〝間に合わなかったんか……〟

〝いや、まだ生きてるやろ〟


「わかった。すぐに助ける」

俺は絶望ムードの漂《ただよ》っているコメント欄を横目に、二人に向かって頷《うなず》いた。

そしてダンジョンスネークの死体まで歩いて、膨らんでいる部分で屈《かが》む。

そこまで時間は経っていないはずだし、おそらくまだ生きているだろう。

「ちょっとこれ持っててくれる？」

「は、はい……っ」

「わかりました……っ」

俺はスマホを一旦二人に渡した。

二人はおっかなびっくり俺のスマホを受け取る。

「ほいっ」

ズボッ!!

スマホを二人に渡した俺は、フリーになった両手をダンジョンスネークの体内に思いっきり突っ込んだ。


〝手差し込んだwww〟

〝鱗《うろこ》貫通www〟

〝生きててくれぇえええええ！！！〟

〝窒息死してない限り大丈夫やろ〟

〝これ助けたら英雄やぞ〟

〝死んでたらまずい……死体が映っちまう……〟

〝やべぇ……ご飯中なんだけど……死体だけはマジ勘弁……〟

〝生きろ名も知らぬ探索者！！！〟

〝神木早く助けてやってくれぇぇええ‼〟


「お、お願いします神木さん……」

「神木さん……お願いしますっ……」

「ちょっと待ってくださいよー……ほいっ」

望みを託《たく》すように俺のことを見てくる二人。

ダンジョンスネークの体内に手を突っ込んだ俺は、中に人の手ごたえを確認する。

よし、まだ溶かされてないな。

あとは中から引っ張り出すだけだ。

「とりあえずこれをこうして……」

ベリベリベリ……‼

〝引き裂いたー www〟
〝やっぱ www〟
〝お‼　出てきた‼〟

〝生きてるか⁉〟

〝間に合ったのか⁉〟


邪魔なダンジョンスネークの体を俺は引き裂いた。

そして空いた穴から呑み込まれた体を取り出す。

「ぷはぁ‼　……はぁっ……はぁっ……はぁっ……」

「け、健二《けんじ》ぃいいいいい‼」

「健二生きてたのかぁあああ！！　うおおおおおお‼」

「ふぅ……よかった……間に合った……」

俺は額《ひたい》の汗を拭《ぬぐ》う。

中から出てきた男は、まだ溶かされても窒息死してもいなかった。

ずっと息を止めていたらしく、助け出した瞬間に、苦しげに何度も呼吸を繰り返す。

すでに若干消化されかけていたのか、服がところどころ溶けていたが、しかし命に別状はないようだった。

「うぉおおお健二ぃ……てっきり死んだものとばかり……」

「よかった……よかったぜ健二ぃいい……」

「お、俺……助かったのか……？」

泣きつく二人。

若干戸惑う一人。

俺はそんな三人を、返してもらったスマホに映す。

〝うぉおおおお!! 生きててよかったぁあああああ!!〟

〝セーーーーーフ〟

〝つぶねぇ!!〟

〝間に合ったのか……〟

〝めっちゃハラハラした……〟

〝めっちゃ仲良しやん……死ななくてよかった……〟

〝グッジョブ神木〟

〝また命救ったやん神木拓也。すごいなお前〟

〝お前ら神木に感謝しろなー?、、〟


「あ、ありがとうございます神木さん……!」

「神木さんありがとうございます……!」

「え……神木……? って、うおおおお!? 神木拓也ぁ!? どうしてここにぃ!?」

しばらくして、ダンジョンスネークの腹の中から出てきた親友の無事をひとしきり噛み締めたらしい二人が、俺に感謝の言葉とともに頭を下げてきた。

そして助け出された一人……どうやら健二というらしい男が俺を見て驚く。

「ま、まさか神木拓也が俺を……助けた……？」

「そうだぞ‼」

「ダンジョンスネークを倒してお前を腹の中から助け出したんだ……！　お前も神木さんに感謝しろ！」

「マジでありがとうございました……！」

比喩《ひゆ》抜きで地面に頭を擦《こす》りつける三人。


〝めっちゃ感じいい奴らやな〟

〝ちゃんとお礼が言えるの偉い〟

〝いい子達やん……〟

〝神木と同年代ぐらいか？　なんであんな状況になってたんだ？〟

〝イイハナシダナー〟

〝やさしいせかい〟

〝やさいいせいかつ〟


「も、もういいよ……とにかく無事でよかった……」

俺はちょっと照れくさくなって頭を掻きながらずっと疑問に思っていたことを尋ねる。

「三人は……もしかして俺の視聴者だったりするの……？」

「「はいっ!!」」

「おおう、そうなのね……」

即答だった。

めっちゃ勢いのいい即答だった。

俺は自分で聞いておきながらちょっと驚いてしまう。

「視聴者というかファンです！」

「憧《あこが》れです!!」

「神木さんまでリスペクトです!!」

「あ、ありがとう……」

何気にこんなこと言ってくれる純粋なファンに遭遇したの初めてかもしれない。

俺はなんと言っていいかわからず、キョドってしまう。


〝大ファンやんwww〟

〝よかったな神木www〟

〝好きな配信者に助けてもらうとか運のいい奴……〟

〝どんな確率だよwww〟

〝偶然がすぎるwww〟

〝こんなことってあるのかwww〟


「そ、それで……どうしてこんな状況に？」

俺は照れくさいのを誤魔化《ごまか》すように三人にそう尋ねた。

三人は顔を見合わせてバツが悪そうにボソボソと喋《しゃべ》りだした。

「お、俺たち……実は神木さんに憧れて……」

「つ、つい最近ダンジョン探索始めたんです……」

「神木さん見て……同じ高校生なのにすごいなって……俺たちも強くなりたいってそう思って……」

「え……」


〝ファーwww〟

〝お前のせいやんけ神木www〟

〝なるほど神木に憧れた口かwww〟

〝そういうことだったのかwww〟

〝神木に憧れて探索者始めるとかwww　気持ちはわからなくもないがw〟

〝まぁこれだけ視聴者がいたらこんな奴らが出てくるのも仕方がないよなwww〟

〝神木の配信見て感覚麻痺《まひ》したんやろな。俺たちにもできるかもしれないって……〟

〝まぁ同年代の連中はそりゃ憧れるだろうな。自分とほとんど変わらない歳でこんなに人気があれば〟


「お、俺に憧れて……？」

「はい！」

「神木さんまじパネっすもん！」

「俺たちの学校でヒーローみたいな存在っす」

「そ、そう……」

嬉しいと思う反面、複雑な気持ちだ。

俺への憧れの気持ちが、この三人を命の危機に晒《さら》したのか……

「か、神木さんのせいじゃないっすよ!?」

「本当に俺らがバカでした!!」

「か、神木さんみたいになれるかなって……浅知恵で何も考えずに……本当にご迷惑おかけしました……!!」

「あ、いや……うーん……その……」

俺は三人にどう言葉をかけていいか迷う。

謝る？　のも違うよな。

忠告、とかしたほうがいいんだろうか。

もう中層には潜らないほうがいいって……

「あっ」

俺の顔を見て言わんとすることを察したのか、三人が慌てて言った。

「も、もう俺たち、ここには来ないんで……」

「もう中層には潜らないです……」

「今回のことでよくわかりました……実力不足って……」

「そ、そう」

ちょっと安心。

多分、ダンジョンスネークも倒せないまま中層に潜り続けていたら、遠くない未来、また今日のようなことが起こるだろう。

「同じって言ったけど……君たちも高校生？」

「はい、そうっす」

「高一っす」

「神木先輩の一個下っす」

「そうなのか」

現在俺は高二。

この三人組は一個下の高校一年生のようだった。

「へへへ……マジでバカでした俺ら……」

「三人でパーティー組んでダンジョン潜って神木先輩みたいになるんだって……」

「勢いのままに探索者になったんす……本当にバカでした……」

「い、いや……バカってことは……」

「いえ、マジでバカでした」

「今回のことで痛いほどわかりました。俺たちには上層ぐらいがちょうどお似合いって」

「もう中層には絶対に潜らないっす」


〝やっぱ高校生だったかｗ〟

〝そうしろ。お前らは神木じゃないんだからもう中層に潜るな〟

〝マジでそうしたほうがいい。その程度の実力で中層攻略できるわけがない〟

〝神木見てると感覚麻痺しそうになるが、中層ってやっぱ素人《しろうと》が潜ると普通に死にかけるような危険地帯だよな〟

〝まぁ流石にこいつらはこれで懲りたやろな。もう潜らんやろ〟

〝若気《わかげ》の至りってやつか。まぁ今日で身の程を思い知っただろうが〟

〝神木が来なかったら全員仲良くダンジョンスネークの腹の中だからな。流石に懲りたやろ〟


「そう、だね……上層だけにしたほうがいいかも」

上層のモンスターなら、彼らでも死ぬようなことはないだろう。

俺は今回の件で十分に懲りたらしい三人に言った。

「よしわかった。それじゃあ……念のため、上層まで送るよ」

「いいんすか⁉」

「いや悪いっすよ‼」

「大丈夫っすよ⁉　今ダンジョン配信中っすよね⁉」

「いやいや、送るよ。そんなに手間でもないし」

まだ中層の深くまで潜ったわけじゃないし、三人を上層まで送り届けたあとでも下層まで潜る時間は残されているだろう。

＃＃＃

俺は、三人が帰りにまた中層のモンスターに襲われて死にかけることを危惧《きぐ》して、彼らを上層まで送っていくことにした。

「本当にご迷惑おかけします……」

「でも神木さんに会えて本当に嬉しいっす……」

「マジで神木さんにリアルで会えるなんて信じらないっす。ちょっと死にかけてよかったかも……」

「おいおい、そんなこと言っちゃダメだろ……」

ちゃんと反省しているのだろうか。

ちょっと心配になってきた。

「か、神木さん……今配信中っすか……？」

三人がまた喉元過ぎれば熱さ忘れるかのように、後日中層に潜ったりしないだろうかと少し心配していると、一人が恐る恐る聞いてきた。

「ん？　そうだよ。配信中だよ」

俺はスマホの画面を見せる。

「ど、同接7万人!!」

「す、すげぇ……!!」

「お、俺たちマジで神木拓也の配信に映っちゃったんだ……！」

配信画面を見て、三人が興奮した声を上げる。


〝やあ、、〟

〝見てるー？、、〟

〝見えるかー？、、〟

〝よお、高校生ども〟

〝おいお前らマジでもう中層に潜るなよ？〟

〝命を救ってもらった神木に感謝して一生配信見続けろなー？、、〟

〝お前らマジで神木に感謝しろよ〟

〝よかったね。三人とも助かって〟

〝運のいい奴らめ〟


いつもより若干同接が多いな。

7万人を超えるのは大体下層に入ってからなんだが……どうやらこの三人を助けたことで同接が増えているようだった。

「か、神木さんの配信に映れるなんて……」

「も、もう思い残すことねっす……」

「明日学校でマジで自慢しまくろ……」

「いや、君たち反省してる？」

ついさっき死にかけたとは思えないような元気さだな。

これが思春期、これが高校生。

いや、俺も高校生なんだけどさ。

「は、反省してるっすよ！」

「反省はしてるっす！　もう中層には潜らないっす!!」

「反省はマジでしてます!!　ところで……今日の配信のアーカイブってもちろん残りますよね……？　俺たちが出てるところ、あとで見返したいんですけど……」

「いややっぱり君ら反省してないだろ」

俺が一年先輩としてちょっと三人に命の大切さとか、自分の実力を知ることとの重要性とか、色々説教してやろうかと思っていた矢先……

『ブモォオオオ……』


「「「ひっ⁉」」」

「ん？」

ダンジョンの通路の先から低い唸《うな》り声とともにモンスターが現れた。

「オークか」

「かかか、神木さんっ」

「どど、どうしましょう⁉」

「か、神木さん、助けてっ……」

通路の向こうから出てきたのはオークだった。

ここへ来るまでにはモンスターに遭遇しなかったから、ダンジョンスネークと戦っている間に近くでポップしたのか。

よかった、念のため三人を送ることにして。

俺がもしあそこで別れていたら、こいつらこのオークに殺されていたんじゃないだろうか。

「下がってて」

「「「はいぃい‼」」」

ダンジョンスネークに殺されかけて中層のモンスターがすっかり怖くなったのか、縮こまって俺の背後に隠れる三人。

俺はそんな三人を背に庇《かば》いながら、オークと対峙《たいじ》する。

「こいよ」

『ブモォオオオオ……！！！』

「「「ひぃいいいいいい!?」」」

俺の挑発に乗ったかのようなオークの突進。

「見てて」

「「「……？」」」

「モンスターってのはこうやって倒すんだ」

三人の俺の視聴者、というかファン。

そんな彼らの前で配信者としてちょっとでもかっこいいところを見せたいと思ってしまった俺は、ちょっとばかり力を入れた攻撃をオークに対して行《おこな》った。

『ブ……モ……？』

こちらに向かって突進しつつあったオークが、動きを止める。

「え？」

「一体何が？」

「神木さん……？」

背後で三人が疑問の声を上げる中、俺はいまだに自分の身に何が起こったのか理解していないらしいオークにゆっくりと近づいていく。

「気づかないか？」

『ブ……モォ……？』

「お前、もうすでに死んでるぞ」

俺がオークの体に少し指先で触れた。

その次の瞬間……

バラバラバラバラ……

「「「えええええええ！？！？」」」

無数に切り刻まれ、サイコロステーキのように細切《こまぎ》れになったオークの死体がバラバラと崩れていった。

「どうかな？」

ちょっと格好つけすぎたかな……？　いや、これぐらいはファンサービスの範疇《はんちゅう》だろ。

そう思いながら俺は背後を振り向く。

「すげぇ……！」

「ぱねぇ……！」

「やべぇ……！」

三人がキラキラした目で俺を見ながら言った。

「「「生の神木語録だぁ……!!」」」

「いやそっちかよ!!」

オークを倒したことに驚けよ！

あとさっきのは語録じゃねぇよ!!

そう突っ込もうとしたが時すでに遅し。

その日——

『モンスターってのはこうやって倒すんだ』と『お前、もうすでに死んでるぞ』が新たな神木拓也語録として追加されてしまったのだった。

……マジで何やってんだ俺。

第3話

「ちゃんと寄り道せずに帰るんだぞー」

「「「はぁーい」」」

オークを倒したあと、何度か中層のモンスターに遭遇した。

そのたびに三人は引き攣《つ》った悲鳴を上げながら俺の後ろに隠れ、俺は三人を背に庇いながら中層のモンスターを手早く屠っていった。

そして三十分と経たずに中層と上層の境目に到達。

ここまで来れば三人は自力で地上まで帰還できるだろう。

仮にも男子高校生三人が、上層のモンスターに負けるとは思えない。

「それじゃあ、またねー」

「ありがとうございました神木さん！」

「マジで助かりました神木さん！」

「お会いできて光栄でした神木さん！」

三人は俺にお礼を言ったあと、手を振ったり、頭をヘコヘコ下げながら上層へと向かって消えていった。

「はぁ……やれやれ……」

三人の姿が完全に見えなくなったあと、俺はため息を吐いた。

なんだかどっと疲れたような気がする。


〝お疲れ神木……w〟

〝ファンに会えてよかったな神木〟

〝がっこよかったぞ神木〟

〝助けられてよかったな神木〟

〝神木さんって強いだけじゃなくて優しいんですね。私、神木さんの彼女になりたいです〟

〝神木さんのこと最近知ったんですけど、強いのにオラついてなくて正直タイプです〟

〝神木さん、私が送った胸の自撮り、見てくれましたか？〟


コメント欄には俺を労《ねぎら》うようなコメントとともに優しいだの惚れただの、白々しいコメントも流れる。

お前ら女性視聴者装ってるけど絶対ネカマだろ。

バレてるからな。

あと、約一件ガチっぽいコメントが視界に映った気がしたけど気のせいだと思いたい。

あの画像……まさか拾い絵じゃないの？


〝神木さん、今のところバッチリ切り抜いてたんで‼　これで神木さんの好感度上がること間違いなしっす！〟

〝おい、あいつらの高校、もう特定班が特定したらしいぞ〟

〝SNSのアカウントらしきものもすでに特定されてててわろたｗ〟

〝神木拓也さんに会えた……！　一生の思い出！　とか呟いてる……ｗ　ちょっと可愛いな〟

〝弱いけどなんだかんだいい奴だったよな。ちゃんとお礼言えたのはえらい〟

〝あの三人、また中層に潜って死にかけることがないといいけど……〟

〝これが将来、神木拓也と覇権を競うことになる大物ダンジョン配信者の始まりとなるのだった……みたいなドラマ展開を期待〟

〝神木ー。そろそろ探索再開しようぜー。俺、お前が下層で戦ってるところが見たいよー〟

〝神木探索開始しようぜ〟


「そうですね。あんまり時間もないですし、中層攻略再開します」

コメント欄に、さっさと下層に潜ってほしい旨のコメントがちらほら見えだした。

三人を助けられたのはよかったが、ちょっと配信のテンポが悪くなってしまったな。

今日は学校終わりの放課後にダンジョンに潜っており、そこまで時間もない。

俺は反省し、さっさと中層攻略を再開させた。

＃＃＃

「中層攻略、一応終わりです」

〝はっやwww〟

〝いつもより圧倒的に早かったなwww〟

〝あの三人に取られた時間もう取り返したぞこいつwww〟


結局その後、俺はいつもよりもかなり短い時間で中層の攻略を完了させた。

あの三人のおかげで、ちょっと配信のテンポが悪くなってしまったからな。

今日は避けられる戦闘は極力避けながら、中層を踏破した。

多少の手ブレも今日だけは妥協して、とにかく時間短縮だけを目的に中層を駆け抜けたのだ。

＃　＃　＃

……そして現在。

俺は下層の入り口に立っていた。

俺の配信のメインコンテンツはここからだと言っていい。

「それでは下層攻略始めます」


〝待ってた〟

〝きたぁああああ！！！〟

〝本番きたぁああああ！！！〟

〝神木拓也の配信において上層中層なんて序章でしかないからな〟

〝こっからよ〟

〝待ってました〟

〝今日も頼んだでぃー、神木ぃ〟

〝うぉおおおおお!!〟

〝同接も増えてきたね〟


一気に盛り上がるコメント欄。

視聴者が求めているのは、俺が上層や中層のモンスターを危なげもなく片手間で倒すのをひたすら垂れ流しているような配信じゃない。

一匹一匹が非常に強力で、ベテランたちがパーティーを組んでも苦戦するような下層のモンスターたちをソロで薙《な》ぎ倒していく映像が求められているのだ。

それを証明するように現在の俺の同接は8万人を超えている。

あの三人を助けてそれで視聴数が上乗せされたこともあり、いつもよりも1万人から1万5000人ほど同接は多くなっている。

これは……下層でワンチャン見どころを作れれば一気に10万人いくかもな。

そうなれば、あの伝説となったドラゴン討伐《とうばつ》配信以来の快挙となる。

「それじゃあ、行きます」

俺は攻略開始宣言をして、下層攻略をスタートさせた。

『オガァアアア‼』

『フシィイイイイ！！！』

『グォオオオオ！！！』

『グギィイイイ！！！』

『キチキチキチ……』

様々なモンスターたちの鳴き声がダンジョンの通路に響き渡る。

モンスターの群勢。

そう表現してもいいぐらいの数のモンスターが俺に迫りつつあった。

〝めっちゃ来たぁあああ！！！〟

〝うわっ……気持ちわるっ⁉〟

〝いやいや、数多すぎだろ！？！？〟

〝大丈夫か神木ぃ⁉〟

〝この数は流石にまずいんじゃね⁉〟

頭上からのオーガの巨腕による振り下ろしを、俺はひらりとかわす。

続けて腰の中ほどへ向かって飛ばされたダンジョンスパイダーの糸攻撃を、ジャンプして回避。

宙に浮いた俺にここぞとばかりに群がってくる、ダンジョンゾンビーをはじめとした空中型のモンスターを、俺は空中で体を回転させて回し蹴りを放つことで一気に仕留める。

そして着地。

だが、休む間もなく、背後に控《ひか》えていたゴブリンの上位種、ゴブリンリーダーとゴブリンキングが、すかさず俺に岩を投げつけてくる。

俺はそれらを片手剣で薙ぎ払って破壊した。


〝すげぇ普通に捌《さば》いてやがるwww〟

〝化け物すぎるwww〟

〝背中に目でもついてんのかよwww〟

〝俺だったらすでに十回は死んでるw〟

〝ゾロでこんな大群相手に戦える探索者いるんだな……世界は広いなぁ……〟


コメント欄を確認してる暇は流石にない。

だが視聴者も、何かがおかしいことに気がついているはずだ。

……異変が始まったのは、ダンジョン下層を攻略し始めてすぐのことだった。

「なんか今日数が多いな……」

モンスターにエンカウントする頻度があまりに高すぎる。

そう思ったのだ。

下層は確かに上層や中層に比べて、元々モンスターの出現頻度は高い。

だが流石にここまで多いなんてことは今までになかった。

ほとんど途切れることなく、あとからあとからモンスターがやってくるのだ。

「まぁ、倒すんですけど」

むしろ好都合か。

そう思いながら俺は次から次にやってくる下層のモンスターを倒し続けた。


〝相変わらず強っえええｗｗｗ〟

〝今日めっちゃ出てくるな〟

〝戦闘が途切れねぇｗｗｗ　今日の配信めっちゃおもしれぇｗｗｗ〟


予想以上の戦闘の連続という今までにない下層の探索配信に視聴者は大盛り上がり。

同接はどんどん増えていき、下層攻略し始めて三十分と経たないうちに同接は９万人を突破した。

もしかしたらイレギュラーかもしれない。

そうだったとしても構わない。

モンスターがひっきりなしに出てくる状況というのは俺にとって好都合だったので、俺は何も考えずにモンスターを倒しながら奥へと進んでいった。

そして……モンスターの大群と遭遇した。


〝うわなんだあの数⁉〟

〝やべぇ……きめぇwww〟

〝集合体恐怖症が見たらおかしくなるだろwww〟

〝おえぇぇえええ！？！？　気持ちわるぅうううう⁉〟

〝きっしょ⁉　モンスターって固まるとこんなにきもいんだな‼〟

〝つか下層のモンスターが群れるのって珍しくねぇか⁉〟

〝まさかこれ、イレギュラーなんじゃねーの⁉〟


奥からゾロゾロという無数の足音と、接近してくるモンスターの大群。

通路を埋め尽くさんばかりの数が、まるで何かに追い立てられるように、こちらへと向かって進軍してくる。

そのあまりのグロい見た目にコメント欄は阿鼻叫喚《あびきょうかん》。

もう映さないでくれ、と悲鳴を上げる視聴者も何人かいた。

いや、映さないと配信にならないので映すけども。

それともあれですか。

モンスターとの戦闘音だけが流れるＡＳＭＲ配信がお好みか。

「戦います」

〝マジかよｗｗｗ〟

〝迷わず戦闘開始ですｗｗｗ〟

〝俺だったら逃げてるｗｗｗ〟

〝恐怖というより生理的にこの光景は無理やｗｗｗ〟

〝画面越しでもきついのに実際に対面するとどうなるんだろうなｗｗｗ〟

〝俺だったら、自害してる自信があるねｗｗｗ〟

〝俺もワンチャン命絶ってるわ。あの数のモンスターによってたかって食われながら死ぬとか絶対嫌だわｗｗｗ〟

〝うえっ……想像したら背筋《せすじ》がゾワってなった……〟

コメント欄はモンスターの大群が気持ち悪いといったコメントで溢《あふ》れてるけど、同接はしっかり増えていることを確認。

最近思ったけど、ネット民ってちょっと天邪鬼《あまのじゃく》というか、ツンデレみたいなところがあるよね。

いや、この場合、気持ち悪いけど怖いもの見たさで視聴継続しているのだろうか。

まぁ、同接が増えるならなんでもいいや。

俺はそう思い、モンスターの大群に向かって迷わず身を投じていった。


……そして現在。

『シュルルルルル……』

『ガァアアアア！！！』

『ギシェェエエエ!!』

『キチキチキチキチ……』

俺は全方位から様々な手段で攻撃を行《おこな》ってくるモンスターの大群に対処しながら、着実に殲滅《せんめつ》していっていた。

突進。

薙ぎ払い。

振り下ろし。

噛みつき。

糸吐き。

とにかく中層から下層にかけて出現する様々なモンスターがあらゆる手段で攻撃を行《おこな》ってくるのをすべて避けながら、片手剣による斬撃や蹴りを繰り出し、モンスターを仕留めていっていた。

「うーん……数が多いな……」

しかしモンスターはあとからあとから湧いてくる。

かつて下層でこれほどまでのモンスターの大群と出会《しゅっかい》したことがあっただろうか。

やっぱりこれも一種のイレギュラーなのだろうか。


〝無限湧き⁉　めっちゃ出てくるんだが⁉〟

〝これ終わりあるのか⁉〟

〝やばくね⁉〟

〝ワンチャンイレギュラーある⁉〟

〝同接9万8000人‼　これ10万人いくぞ……！〟


戦いながら俺は段々と虚無《きょむ》になり始めた。

全方位からの気配を察知し、回避し、そして攻撃が飛んできた方向に向かって攻撃を行うマシーン。

なんだか戦闘というよりも何かの流れ作業をしているような感覚にとらわれる。

「ん？　待てよ」

そんな混戦の最中、俺はふと思いついた。

「攻撃を避けなくても……いいんじゃないか？」

頭の中に、自分でも天才的だと思える閃《ひらめ》きが浮かんだのだ。

〝何言ってんだこいつ⁉〟

〝頭おかしくなったwww〟

〝神木拓也が疲れておかしくなったwww〟

〝まずい。流石に神木拓也でもこの数はやばかったか……？〟

〝まさか戦闘を諦めたのか神木拓也⁉〟

〝か、神木さん！　負けないで‼　あんたが死んだら俺、これから誰を切り抜けばいいんだ⁉〟

〝俺、あんたの切り抜きの収益で生活していくつもりなんだ……‼　ここで死なないでくれ‼　耐えてくれぇぇええ‼〟


なんか勘違いしているコメント欄がうるさいが、別に戦闘を諦めたわけじゃない。

俺はたった今思いついた新しい戦闘スタイルを口にする。

「誰よりも速く全方位に向かって攻撃すれば、避ける必要ないんじゃね？」


〝は……？〟

〝はい……？〟

〝ん……？〟

〝なんですと……？〟

〝今なんて……？〟

コメント欄が困惑する中、俺は早速《さっそく》その思いつきを試してみる。

「少々画面がブレるかもしれませんがご注意ください」

そう断ってから、俺はそこらじゅうにいるモンスターたちに対して、一番速い無数の攻撃を繰り出した。

ザザザザザザザシュ！！！

〝うぇえええええ⁉〟

〝なんだこれぇえええええ⁉〟

〝目がまわるぅううう⁉〟

〝おい何が起きてるんだ⁉〟

〝めっちゃ攻撃音だけが聞こえるwww〟

全方位に対して、オーガの薙ぎよりも、ダンジョンスネークの噛みつきよりも、オークの突進よりも、ダンジョンビーの針攻撃よりも、ゴブリンキングの投石よりも、ダンジョンスパイダーの糸吐きよりも速い攻撃を繰り出し続けた。

「ぉおおおおお！！！」

ザザザザザ……シシシシシシシシ……シュシュシュシュ……

攻撃音が段々と高くなり、シュルシュルと風が吹くような音に変わる。

俺は少しずつ距離を進めながら、全方位に対して、とにかく速さを意識した攻撃を続けた。

(これめっちゃいいじゃん)

全方位に対して何も考えず攻撃するだけで、通り道にモンスターの死骸《しがい》が量産される。

なんで今まで思いつかなかったんだろう。

こうしてモンスターたちよりも速い攻撃を周囲に余すことなく繰り出せば、向こうの攻撃すら、俺に到達する前に破壊することができるのに。


〝ファーwww〟

〝何が起こってるんだぁあああ!?〟

〝画面の動きが速すぎて全然見えねぇえええええええ!!!〟

〝なんかドリルが回転するみたいな音になってないか!?〟

〝画面止めて静止画で見たらミンチにされたモンスターっぽいのが映るんだけど、まさかこれって……www〟

〝全方位に対する誰よりも速い攻撃www　マジでやってんのかよwww〟

〝歩く殺戮《さつりく》マシーンやんwww〟

〝やばい神木拓也殺戮マシーンなったwww〟

〝もうなんでもありやwww〟

〝おーい、誰か新しく『誰よりも速く全方位に攻撃すれば、避ける必要ないんじゃね？』を語録として登録しておけー〟

〝こいつ今触れたらミンチにされる竜巻《たつまき》みたいな感じになってんのかwww〟

〝そりゃ画面に何も映らんわwww　速すぎてwww〟

「画面ブレてて本当にすみませぇぇえん」

俺は謝りながら全方位に向かって誰よりも速い攻撃を続ける。

モンスターたちは、先に攻撃をしてもそれを上回るスピードで迫ってくる俺の攻撃になす術《すべ》なく刈り取られていく。

シュルルルルルル……

ダンジョンに何か削り取るような音が響き続ける。

「なんか豆腐の中を切りながら進んでいるような感覚だな……」

攻撃しながら俺はふとそんな感想を抱いた。

なんかどこへ攻撃を振っても必ず手応えがある。

自分が何を切っているのか、どんなモンスターを倒しているのかもはや認識すらしていない。

本当に豆腐の中を切りながら進んでいるような感じなのだ。

〝なんかやばいこと言い始めたwww〟

〝豆腐www　下層のモンスターが豆腐www〟

〝えー、これも語録に追加で〟

〝こいつ語録弄《いじ》りされるの嫌そうな雰囲気出しながらナチュラルに語録生み出すやんwww〟


「ん？　あれ……もうおしまい？」

やがて手応えがなくなった。

俺は動きを止めて、背後を振り返った。

「おぉぉ……これは……」

血の道。

もしくは肉塊《にくかい》の道路。

そう表現していいような光景がそこに存在していた。


〝ファーwww〟

〝なんじゃこりゃあああ！？！？〟

〝やばすぎぃいいいい！？！？〟

〝ミンチになったwww〟

〝一匹も原形留めてないやんwww〟

〝通ったあとには何も残らないを体現してて草なんよwww〟

〝もう数とかこいつには関係ないんだな……〟

〝す、すげぇえ……言葉も出ねぇよ……〟


生きているモンスターは一匹もいないようだった。

ダンジョンの通路をびっしりと、モンスターだった肉塊が埋め尽くしている。

「これ、我ながらめっちゃ有効な戦い方じゃないですか？」

俺はちょっと得意げに言った。

「大群に対してわざわざ攻撃を回避せずに殲滅できる方法です‼　多分俺が生み出したんじゃないかな……？　それとも他の人が先に考えてたかな……？　もし初めて見たという方はこの戦い方、ぜひ参考にしてほしいです」


〝〝〝〝いやお前しかできねぇよ⁉〟〟〟〟


あ、すごいハモった。

なんか久しぶりに見たなこの光景。

第4話

「咄嗟《とっさ》の思いつきだったんですけど……結構うまくいきましたね」

俺は挽肉《ひきにく》のようになったモンスターたちを映しながらそう言った。

下層に入り、突如として遭遇したモンスターの群れ。

『全方位に対して一番速く攻撃すれば、避ける必要がない』という思いつきにより、百匹を超える大群を殲滅することができた。

……けれど疑問なのは一体なぜこれほどの大群が突然現れたのかということだ。

下層のモンスターが群れることはそうないはずなのだが。

「あ、10万人超えた……」

ちらっと画面を見ると、いつの間にか同接が10万人を超えていた。

あのイレギュラーで現れた深層のドラゴンを倒したとき以来の快挙だ。

普通に嬉しい。


〝10万人おめ〟

〝久々の10万人〟

〝そりゃ超えるわなwww〟

〝今来たんですけどなんですかこれ⁉　コラ画像ですか⁉〟

〝初見です……この挽肉みたいなのなんですか……？〟

〝あ、あの……下層でモンスターが大群で出たって聞いてきたんですけど、モンスターの大群どこですか……？〟

〝んー？　モンスターの大群なら神木が全部殲滅したよー、、〟

〝まさかこの挽肉みたいになってるの全部モンスターですか……？〟

〝え、地面とか壁にこびりついてるの……モンスターの残骸ですか……？　どんな戦い方したらこんな地獄《じごく》を体現できるんですか……？〟

〝なんでこんなことしておいてこの人平然としているんですか？　サイコパスですか？　戦闘狂なんですか……？〟

〝この探索者の人やばい……〟

〝初見がドン引きしてるやんwww〟

〝そりゃいきなりこんなの見せられたら引くやろwww〟

コメント欄に10万人突破お祝いコメントとともに〝初見ドン引き〟〝地獄を体現して平然としているサイコパス〟などと書き込まれる。

いや、サイコパスじゃないから。

ドン引きしないでください初見さん。

どうか帰らないであと少しだけ見ていって……

「というかこれ、イレギュラーだったんですかね……？」

10万人達成を喜びつつ、俺は疑問解消のために視聴者に意見を求める。

あんまり群れることのない下層のモンスターがここまで固まってやってきたというのは、やはりイレギュラーだったのだろうか。

だとすると、俺はイレギュラーのおかげで10万人を二回達成してしまったことになる。

……うーん。

配信者としては見どころが作れるし嬉しいことだが、イレギュラーってこんなに頻発するモノだったか？

普通に配信者じゃない探索者からしたらこうもイレギュラーが頻発するなんてたまったものじゃないだろうな。

これはなんとなくの勘《かん》だけど、桐谷のときやこの間のドラゴンのときとは違って、これはイレギュラーじゃない気がするんだよな。

なんというか……モンスターたちは何かを恐れるように、追われるようにこっちに逃げてきたような気がする。

イレギュラーで突然発生したわけではない気がするのだ。

〝いや、もうイレギュラーとかそういうレベルの話じゃねーよwww〟

〝マジでお前なんなんだwww　人間やめすぎだろwww〟

〝発想がイカれてるんだよなぁ……全方位に対して超速く攻撃すれば回避の必要もないって……どんな思考したらそんなの思いつくんだ……？〟

〝というか、全方位攻撃やる前に普通にモンスターの大群相手に回避しながら戦えてたのなんでだよwww　あれもおかしいだろwww〟

〝背中に目でもついているのか？www〟


俺が一人で頭を悩ませる中、コメント欄は、もはやイレギュラーかどうかはどうでもいいらしく、俺の咄嗟に思いついた全方位攻撃について盛り上がっていた。

やっぱりあの攻撃を最初に思いついたのは俺だったということなのだろうか。

我ながら結構名案だったと思うから、対大群の有効的な戦略として広めていってほしい。

神木流モンスター大群殲滅方法みたいな感じで。

そうしたら俺の数字の伸びにも繋がるし。


〝というか全方位攻撃を行う前は、どうやって戦ってたんですか？〟

〝いろんな場所から同時に攻撃されてましたよね？　空中とか、背後とかからもモンスターに絶えず攻撃されてたと思うんですけど……どうやって回避してたんですか？〟

〝探索者を目指している者です。入門書には、複数のモンスターが現れたら一体一体対処しろと書かれてあるのですが、神木さんはモンスター何体も同時に相手取ってますよね？　どうやるんですか？〟

〝また懲りずに質問してらw〟
〝おーい、新参か？　こいつから何かを学ぼうとしても無駄だぞw〟
〝また神木探索者講座の新たな犠牲者が……〟
〝探索者関連の質問している奴、絶対に今日から見始めただろwww〟

大きな戦闘を終えたあとだからか、探索者関連の質問が増える。
こういうの嬉しいんだよな。
強い探索者って認められた気がして。
俺は嬉々として答えていく。
水を差すようなコメントが見えたような気がしたが無視だ無視。
「複数のモンスターと同時に戦う方法はですね……気配を察知することが重要です」

〝ほう？〟
〝ん……？〟
〝始まった始まったwww〟

〝まーた変なこと言いだしたぞｗ〟
〝どういう意味ですか？〟

「なんていうか……目視できなくても意識しようとすれば背後にいるモンスターの気配とか、動きとかわかるようになるじゃないですか」

〝いやならねぇよ⁉〟
〝どういう意味ですか⁉〟
〝そんなことお前ぐらいしかできねぇよｗ〟
〝な？　無駄だったろ？〟
〝意味わかんないです！〟
〝真剣に説明してください！〟
〝新参が怒ってら、、〟
〝おい新参許してやれよ。こいつマジでこれでも真剣に答えてるんだぜ？〟

「空気の流れ？　みたいな……？　ほら、日常生活でも、なんとなくで自分がいる建物の中にいる人数とか、遠くから見られてるなって察することができるじゃないですか、やろうと思えば。あの感覚をモンスターに対して応用するんです」

〝遠くからの視線に気づくってなんだよ怖すぎだろwww〟

〝己は暗殺者か何かなのか？www〟

〝日常生活でこいつの背後に立ったら殺されそうだなwww〟

〝やっぱ参考になんねぇwww〟

〝おーい、新参ども満足したか？、、〟

〝真剣に質問したのに……〟

〝こっちは真面目に聞いたのにそうやってふざけて答えるんですね。神木さんにはがっかりです〟

〝神木さんには失望しました〟


「なんでぇ!?」

わかりやすく説明したつもりなのに。

頑張って噛み砕いたつもりだったのに。

なんでいつもこうなんだ……

俺には少しでも参考になればって気持ちしかないのに……

いつも不真面目だとかふざけてるとか、冗談を言っていると思われてしまう。

何が原因なんだ……？

「た、探索を続けます……」

〝あーあ、またこのパターンだよｗ〟

〝おい、新参。お前らのせいで神木がしょげただろうが。責任取れよ！〟

〝神木拓也に探索者の質問はＮＧな。お互いにいいこと何一つないぞ〟

〝神木拓也の探索なんて参考になるわけないだろｗｗｗ〟

〝懐かしいな……俺も昔はあっち側だったのに……フフ……〟


せっかく一生懸命説明したつもりだったのにまた不真面目だとか思われた俺は、肩を落としながら下層の探索を続ける。

下層はさっきまでひっきりなしにモンスターが出現していたのが嘘のように、一匹もモンスターが出てこなくなっていた。

「やっぱりイレギュラー……」

これもダンジョンで起こる異常事態の一種なのだろうか。

そう思っていた矢先のことだった。

＃　＃　＃

「ん……前方に気配……ええと、三つ……いや、四つか……」

ダンジョンの通路の向こうに俺は気配を感じ取り足を止める。

かなり強い気配だ。

それこそあのイレギュラーで遭遇したリトルドラゴンのときに感じた気配と同種のものを感じる。

……まさかイレギュラーで深層のモンスターが四体も出てきたのだろうか。

だとしたら少し厄介になると言わざるをえないが。

「いや、違うか……」

しばらくして、コツコツといくつもの人の足音が聞こえてきた。

どうやら気配の正体はモンスターではなく人間だったようだ。

おそらく俺以外の探索者だろう。

「おいおいおい、見ろよあれ」

「えー、嘘。本当に？」

「む？　まさかあれは……」

「もしかして～？」


〝お？　誰か来たんか？〟

〝誰や？〟

〝人の声が聞こえてきたような〟

〝他の探索者か？〟

〝下層に潜ってるってことは相当なベテランだと思われ〟

「ん？」

前方からそんな声がしたかと思うと、暗闇の中から四人の影が姿を現した。

〝え……あれは……？〟

〝ファーwww〟

〝大物きたぁあああああ！！！〟

〝黒《くろ》の鉤爪《かぎづめ》クランじゃね⁉〟

〝マジか‼　黒の鉤爪やんwww〟

「え？　なんですか？　どうかしたんですか？」

四人の姿が映った途端に、コメント欄が一気に盛り上がる。

10万を超えた同接が10万５０００……10万６００００とどんどん増え始める。

なんだろう。

あの四人は有名人か何かなのだろうか。

「神木拓也じゃーん‼」

「マジ本物⁉　ひゃはっ。すげぇ！！！」

「奇遇《きぐう》だな。まさかこんな場所で会うとは」

「神木拓也今日このダンジョンに潜ってたんだぁ。へー。まさかこんなところでバッタリ会っちゃうなんてねー」

「え……？」

四人が俺を指差して口々に名前を言ってきた。

どうやら俺のことを知っているらしい。

「あの……誰ですか？」

「うわ、ショック……うちらのこと知らないんだ……」

「はぁ？　冗談だろ神木拓也ぁ。てめぇ探索者やってるくせに俺たちのこと知らねーのかよぉ？」

「えー、嘘。私たち神木拓也に知られてないのー？」

「それなりに活躍しているつもりなのだがな。どうやら期待の超新星は俺たちの存在を知らないらしい」

「……？」

俺に知られてないとわかるや、あからさまにショックを受けたり、ちょっと苛立《いらだ》ったような態度を見せる四人。

だが俺は本当にこの四人が誰なのか知らなかった。

「一応こうして会ったのだから自己紹介を。俺たちは黒の鉤爪。下層から深層を主戦場とする四人組の探索者クランだ」

そう言って一番前に立つリーダー格っぽい、手頃な両手剣を腰から下げたごつい男が右手を差し出してくる。

「お、俺は神木拓也です。ダンジョン配信者です……よろしくお願いします……」

いきなりで驚きつつも、俺は差し出された右手を握った。

黒の鉤爪。

そういう名前のクランらしい。

聞いたことがあったようななかったような。


〝すげぇ……www　マジで黒の鉤爪やんｗ〟

〝おい神木‼　こいつら超有名探索者クランだぞ‼〟

〝神木マジで知らないのかよｗｗｗ〟

〝探索者なのに黒の鉤爪知らないとかマジかよｗｗｗ〟

〝まあ、前にこいつ、ダンジョン配信者には興味あっても探索者自体にはあんまり興味ないって言ってたしな……〟

〝まぁ、神木レベルの実力者なら眼中にないって言ってもギリ許されるな〟

〝いいなー……雅之《まさゆき》様と握手……〟

〝すげー。黒の鉤爪の雅之だ……〟

チラリと視線を移したコメント欄が一気に盛り上がり、怒涛《どとう》のごとく流れていた。

視聴者の中に、彼らを知っている人がかなりいたということだろう。

「俺はリーダーの日下部《ひかべ》雅之という。神木拓也。お前の噂《うわさ》は聞いているぞ」

「は、はい……」

「深層のドラゴン、ソロで倒したというのは本当なのか？」

「い、一応……」

「ふむ……そうか……」

日下部雅之。

そう名乗った男が、まるで俺を見定めるように目を細める。

「おいおい、本当かよ!?　こんな弱そうなのにソロでドラゴン討伐!?」

俺が日下部の意味ありげな視線に戸惑っていると、いきなり日下部の後ろからそんな声が聞こえてきた。

「流石に冗談だろ!?　俺でもソロで深層の竜種討伐なんて無理だぜ。この佐々木竜司《ささきりゅうじ》様でもよ」

そう言いながら前に出てきたのは、金髪で背が高く、目つきが鋭いチャラそうな男だった。

背負っている装備は巨大な大剣。

日下部よりも前に出てきてジロジロと不躾《ぶしつけ》な視線で遠慮なく舐め回すように見てくる。

「やめないか、竜司。失礼だぞ」

「はっ……こいつ歳下のペーペーだろ？　失礼もクソもあるか」

佐々木竜司。

そう名乗ったチャラそうな男は、リーダーの日下部に窘《たしな》められても、引かなかった。

好戦的な笑みを浮かべながら、俺をジロジロ見てくる。

「動画見たけどよぉ？　あれよくできた合成動画じゃないのか？　ＣＧとか使ったんだろ？　お前に本当にソロでドラゴンが討伐できるなんて思えないんだが？」

「え……そんなこと言われても……」

突然そんな難癖《なんくせ》をつけられ、俺はどうしていいかわからずに戸惑ってしまうのだった。

第5話

〝なんか絡《から》まれてらwww〟

〝は……？　なんだこいつ〟

〝合成？　そんなのできるわけないだろ〟

〝配信中にあらかじめ作った動画を流したって言いたいのか？　神木のあの日のアーカイブ見てたらそんなことはないって理解できるはずだが〟

〝おーい、神木〜。言われてるぞ〜w〟

〝まぁ、気持ちはわからんでもないよな。実際神木がやったことは、偉業というか、聞いただけで

も信じられないような冗談みたいにすごいことだしな〟
〝すげぇ、黒の鉤爪の佐々木竜司が神木拓也に絡んでる……〟
〝これちょっとトラブルの予感ですよ……〟
〝面白くなってきたぁあああああああああああああ！！！！〟

俺が黒の鉤爪クランの佐々木竜司に絡まれたことでコメント欄が一気に盛り上がる。
何かしらのトラブル……例えば喧嘩《けんか》でも期待しているのだろうか。
いや、やらないからね君たち。
煽《おだ》てるのをやめなさい。
あと、わかりやすく同接が増えてるな。
同時接続12万人突破。
……まだまだ増えるぞ。
これ、黒の鉤爪の人たちの知名度あってのことなんだろうけど、普通にありがたいな。
……というかワンチャン、あの日の同接超えるんじゃ。
俺がそんなことを考えていると、日下部が佐々木の肩を叩いて窘めた。
「おい、竜司。やめないか」
「うるせぇよ、リーダー。別にいいだろぉ？」
佐々木が苛立ったようにリーダーを見返した。

「リーダーだってよぉ、気になってんだろぉ？　こいつの実力をよぉ」

「……」

日下部がなんとも言えない表情になる。

「なぁ？　芽衣《めい》と恵麻《えま》も気になってるんだろ？」

佐々木が同意を求めるように背後を振り返る。

「うーん……まぁ気になるっちゃ気になるかも？」

「確かにこうして会ってみて、ドラゴンを倒せるような強さみたいなのは感じないよねー」

双子のように似通った瓜二《うりふた》つの女探索者二人が、佐々木に加勢するようなことを言う。

「へへへ。だそうだ、リーダー」

「うーむ……」

佐々木がしたり顔で日下部のほうを見る。

「なぁ、リーダー。正直になれよ。あんただって知りたいんだろ？　こいつの実力。な？　ちょっと試してみるだけだちょっと」

「……何をする気だ。全《まった》くお前という男は」

手に負えない。

そういった表情で日下部はため息を吐《つ》いた。

「すまないな、神木拓也。実はここ最近俺たちの間で君のことをしょっちゅう話題にするんだ」

「え……俺を？」

いきなりそんなことを言われて思わず自分を指差してしまった。

日下部が首肯《しゅこう》する。

「ああ。君関連で出回っている様々な動画……我々も見させてもらったのだが、正直言うとかなり驚いたよ」

「はぁ」

「ベテランでもそれなりに苦戦することのある中層や下層のモンスターを瞬殺。さらには深層のモンスター、リトルドラゴンをソロで討伐したこともあるようだ」

「まぁ……一応？」

「ふむ。その様子だと君はやはり、自分がしていることの重大さをわかっていないようだな。はっきり言って高校生ながら、ここまでの活躍をする探索者は前代未聞《ぜんだいみもん》だ。君の活躍は常識はずれだと言っていい」

「ありがとうございます……？」

これ、褒められてるのか？

一応そう受け取っておこう。


〝すげぇ、一流探索者クランに一目置かれる神木 www〟

〝日下部雅之にここまで言わせた探索者とかかつていたかよ？〟

〝ベタ褒めやん www〟

〝よかったな神木〟

〝いや、むしろこいつらより断然神木のほうが強いだろ。何上から目線で評してやがんだって感じなんだが〟

〝実際こいつらと神木ってどっちが強いんだ？〟

〝なんとも言えん……タイマンなら神木のほうが強そうだな〟

〝いや、タイマンどころか全員相手取っても勝てるやろwww〟

〝わからんぞ。黒の鉤爪は下層から深層を主戦場としてるからな。普通にパーティーで深層のモンスターと渡り合える実力は持ってる。流石に全員対神木一人なら黒の鉤爪が勝つんじゃないか？〟

〝俺たちには正直どっちの力も未知数すぎて判断つかん〟

〝まぁ化け物度で言ったら間違いなく神木だけどな〟

〝つか高校生なのに、成人した一流探索者クランと渡り合えるとか合えないとか、そんな議論の土俵に乗れるだけでまずすげぇよ〟

〝やっぱ神木の実力は一流たちも認めてるんだな〟


「俺たちだけじゃないぜえ？」

「……？」

「俺たち以外の深層クランもお前のこと話題にしてるぜ。高校生でソロでリトルドラゴン狩りをした化け物がいるってなぁ？」

「は、はぁ」

「もし本当なら、今すぐに一流クランに入っても恥じない活躍ができるだろうなぁ？　へへへ」

「あ、あの……結局何が言いたいんですか？」

とりあえず俺が探索者たちの間で話題になっていることはわかった。

それは素直に嬉しい。

で、なんで佐々木竜司はこうして俺に絡んでくるのだろうか。

本当ならさっさと先に進んで配信続行したいんだけど。

でも困ったことに同時接続が彼らのおかげで伸びまくってるんだよな。

……多分俺と黒の鉤爪のトラブルでも期待した野次馬《やじうま》視聴者が見に来ているんだと思う。

言っとくけど喧嘩はしないからな？

「つまりよぉ……俺たちは気になるってことだよ。お前に本当に……下馬評《げばひょう》通りの実力があるのかってなぁ？」

「……？」

「ここまで言ってまだわからねぇか？」

佐々木が好戦的な笑みを浮かべながら言った。

「俺と戦えよ神木拓也ぁ!!　一対一で戦って実力を証明してみせろ！！！」

「はぁ……？」

〝きたぁあああああああああ！！！〟

〝どりゃぁあああああああああ！！！〟

〝戦いじゃぁああああああああ！！！〟

〝おっしゃぁあああああああ！！！〟

〝いけぇえええええ俺たちの神木ぃいいいいいいいいいいいい！！！〟

〝神木やっちまえ‼〟

〝神木受けろ‼　この勝負絶対に受けろ‼〟

〝面白くなってきたぁあああ！！！〟

〝うおぉおおおお‼　これは熱い展開‼〟


いきなり勝負を申し込まれて、俺は戸惑ってしまう。

「いやいや、いきなりなんですか、勝負とか。やらないですよ」

「お？　逃げるのか？」

「逃げるとかじゃないです」

はぁ、と俺はため息を吐いた。

「普通に考えて、今さっき会った知らない探索者といきなりダンジョンの中で戦ったりしなくないですか？」

「ちっ……つまんねーこと言いやがる。お前にとっても悪い話じゃないだろ？　もしここで俺に勝つなんてことがあれば箔《はく》がつくぜ。黒の鉤爪の佐々木竜司を倒したって箔がよぉ」

「別にそんなのいらないです」

「まだ俺たち深層に潜れる探索者は半信半疑なのさ。お前の実力が本物かってな？　高校生が一人で深層のドラゴンを倒すなんざ、前代未聞、あまりにも埒外《らちがい》だ。探索者以外にもお前の実力を疑ってる連中はたくさんいるだろうなぁ？」

「そんなの知らないです。俺は自分の配信のことだけを考えているので」

別に探索者としての実力を世間に認められるのが目的でダンジョンに潜っているわけじゃない。あくまで俺の目的は自分のダンジョン配信を盛り上げること。

そのために必要だったから、探索者として強くなっただけに過ぎない。

最初から強くなることが目的でダンジョンに潜ってたわけじゃないし、自分の実力を誇示《こじ》したいともあまり思わない。

「そうかよぉ？　でも視聴者はどう考えてるんだろうなぁ？」

これだけ言ってもまだ引き下がる様子のない佐々木がニヤニヤしながら、俺が手に持っているスマホを顎《あご》でしゃくってみせた。

「今配信中なんだろ？　お前の視聴者は、俺とお前のバトルを望んでるんじゃないのか？」

「いや、流石にそんなことは……」

みくびらないでほしい。

俺の視聴者は流石にそんな奴らじゃないはずだ。

こんないきなり出会った深層探索者たちとダンジョンでバトり始めるような荒っぽい配信なんて望んでいないはずだ。

俺の視聴者はもっと上品な人たちのはずなんだ……！

俺はチラリとコメント欄に目を移す。


〝いけぇえええええ神木ぃぃいいいい！！！〟

〝倒せぇえええええええええ！！！〟

〝戦えぇえええええええ！！！〟

〝そいつにギャフンと言わせてくれぇええええええええ！！！〟

〝面白くなってきたぁあああああ！！！〟

〝黒の鉤爪を壊滅させろぉおおおおおおおお！！！〟


「お、お前ら……」

前言撤回。

俺の視聴者の民度、終わってました。

……こ、こいつら本気で俺がここで佐々木竜司と戦うことを望んでやがる。

ど、同接もまさかの13万人を突破して最高記録達成してるし。

こんなことで最高同接更新したくなかったよ俺。

「ほら、神木ぃ。視聴者の前でお前の実力を証明してみせろよぉ？」

「……っ」

俺の表情でコメント欄の雰囲気を察したのか、したり顔でそう煽《あお》ってくる佐々木。

「ここで逃げたらお前は深層探索者の勝負を受けられなかった腰抜けのレッテルを貼られるぜぇ？」

「……っ」

「いいのかよ？　そんなんで。人気も落ちるんじゃねーのか？　あぁ？」

「おい、俺と戦えよ神木拓也ぁ。お前の実力、ここで証明してみせろ」

「お、俺は……」

ここまで言われたら黙っておけない。

そう思い口を開きかけたそのときだった。

「おい、よさないか竜司。流石に度がすぎるぞ」

「あぁ？」

ここでまた日下部雅之が割り込んできた。

「流石に煽りすぎだ。拡散されて炎上でもしたらどうする？」

日下部が俺の持っているスマホを手で示しながら言った。

「神木拓也はまだ高校生だ。成人の俺たちが追い詰めていいような相手じゃないだろ？」

「そんなの知るかよぉ？　炎上でもなんでもしやがれってんだ」

「おいっ……竜司……！」

佐々木が日下部の手を払いのける。

そして、何やら闘気を孕《はら》んだ目で俺を睨《にら》んでくる。

「最初っからこうすればよかったんだ」

「竜司、何をする」

次の瞬間、ボッと何かが爆《は》ぜるような音が鳴った。

繰り出される、俺の顔面へと向けられた佐々木竜司の拳《こぶし》。

俺は咄嗟に片手剣を手放し、その拳を右手でキャッチする。

パシッ！！！

ビュォオオオオオオ！！！！

「ほぉ？」

勢いを殺された拳の圧が、背後に逃げていき、風を巻き起こす。

からんからんと俺の落とした片手剣の音が続いてダンジョンに響いた。

「これを止めるか」

拳を受け止められた佐々木が、面白そうに目を細める。

いや、なんだこいつ。

いきなり殴りかかってくるとかやばすぎだろ。

〝ファッ⁉　今何が起きた⁉〟

〝止めたぁああああああ！？！？〟

〝えっ、殴られた⁉　今神木殴られたのか！？！？〟

〝速すぎて見えなかったぞ⁉〟

〝キャッチしたぁああああああ！！！〟

〝やり返せ‼　神木やりかえせぇええええ‼〟

〝すげぇ‼　拳振っただけで風が起こったぞwww〟

〝やっぱ深層探索者って化け物なんだなwww〟

〝どうなるんだぁあああ！？！？〟

〝神木やり返せぇえええええ！！〟


「何してるんだ竜司⁉」

俺よりも先に佐々木を糾弾したのは、日下部雅之だった。

慌てて俺に向かって放たれた佐々木の右腕を掴む。

「気でも触れたのか？　いきなり殴りかかるなんてどうかしてるぞ⁉」

「ウルセェ」

ペッと佐々木が唾《つば》を吐いて、それから俺に向かってこいこいと手招きしてきた。

「ほら、神木。今度はお前の番だぜ？」

「え……？」

「こいよ。俺からだけじゃ不公平だろ？　お前も一発殴ってこいよ」

「いや……それは……」

「どうした？　殴る度胸もないのか？　ほら、一発本気で打ってこいよ」

「えぇ……」

手を広げて無防備をアピールする佐々木竜司。

俺はどうするべきかわからず、日下部を見る。

黒の鉤爪のリーダー、日下部雅之が、苦々しげに言った。

「悪いが、神木拓也。ここは一発、竜司にお見舞いしてやってくれないか？」

「え……？」

「このままじゃ、俺たちは高校生のお前に一方的に手を上げたことになってしまう。一発でいい。勝負という体裁《ていさい》を整えるために、竜司にも同じように殴りかかってくれないか？」

「ま、マジか……」


〝よっしゃきたぁあああああ！！！〟

〝いけ神木‼　やりかえせぇえええ！！！〟

〝ギャフンと言わせてやれぇええええ！！！〟

〝目にもの見せてやれぇえええええ！！！〟

止められると思ったのだが、まさかのゴーサインだ。

コメント欄が一気に盛り上がる。

まぁ、確かに向こうの立場に立ってみれば、今のままだといきなりダンジョンで配信中の俺に突っかかって殴りかかってきたヤバい連中、ってことになるのか。

そうならないために、俺にも佐々木竜司に殴りかかってほしいと。

「い、いいんですか？」

俺は今一度、日下部に確認する。

日下部が頷いた。

「頼む。仮に竜司が怪我するようなことがあっても一切君を糾弾しないとここに誓う」

「そうですか……なら……」

ここまで言われたら流石の俺も引けない。

……というかここまで好き放題に煽られて俺もちょっとカチンときてるんだよな。

別に実力を誇示したいわけじゃないが、視聴者が望んでいることでもあるし、ちょっとぐらいやり返したってバチは当たらないはずだ。

「へへ……こいよほら。本気で打ってこい」

佐々木竜司が手を広げて、舐め腐った顔で俺を見ている。

俺は拳の十分届く距離で佐々木を静かに見据えながら言った。

「本気……軽々しく言ってくれますね」

「お……？」

「どうなっても知りませんよ？」

「はっ……高校生のパンチごときで俺がどうなるわけも……」


ブォン！！！！！


俺はお望み通り、佐々木の顔面に向かって拳を放った。

ドガガガガガガガガガガ！！！！！

「うおっ⁉」

「きゃあっ⁉」

「ひっ⁉」

衝撃波が起こった。

佐々木の背後に逃げた拳の威力が、轟音とともにダンジョンの壁を削り、どこまでも突き進んでいく。

「は……？」

全く反応できなかった佐々木は自分の鼻先で寸止めされた俺の拳を見てぽかんと口を開ける。

「全然反応できてないじゃないですか」

当たってたらどうするつもりだったんだ。


〝ファ―――――www〟

〝やべぇえええええええええ！？！？〟

〝衝撃波起こったぁああああああ！？！？〟

〝やばすぎwwww〟

〝いやどんな威力だよwww〟

〝衝撃波でダンジョンの壁削れたったwww〟

〝これ当たってたら死んでたやろwww〟


「ちょ、冗談でしょ!?」

「はぁあああああ!?　何よこれ!?」

「こ、これは……」

瓜二つの女探索者二人、そして日下部が驚いたり困惑したりしている。

俺は、佐々木の顔面の手前で寸止めにした拳を下ろした。

「……」

佐々木竜司は目を見開き、呆然とこちらを見つめている。

「あのー……もうこれでいいですか？」

俺は振り返って日下部に尋ねた。

「それとも、拳当てたほうが良かったですか？」

「……っ！」

日下部がはっと我に返ったように体を震わせて、それからぶんぶんと首を左右に振った。

「や、やめてくれ……そんなことをしたら竜司が……竜司が死んでしまう……」

「……」

「わ、悪かった神木拓也……俺たちが全面的に悪かった。竜司がお前にしたことともども謝罪させてくれ」

「……」

そう言って日下部が俺に頭を下げてきた。

まぁ謝ってくれるなら別にいいかな。

「わかりました。このことは忘れることにします」

「お、恩に着る……」

日下部が額から垂れた汗を拭う。

「「ほっ」」

背後では二人の女が、安堵《あんど》の吐息を漏らしていた。

「あなたも……これで満足ですか？」

俺はさっきから一言も喋らない佐々木に聞いた。

「ひ」

「……ひ？」

「ひぃいいいいいいいいいいいいいいいいいいい！？！？」

「え」

佐々木が突然引き攣った悲鳴を上げたあとに、顔を青くして走りだした。

「ちょ、竜司⁉」

「どうしちゃったの⁉」

女二人が慌ててそのあとを追う。

「い、色々本当にすまなかったっ」

最後にそう謝った日下部が三人のあとを追って消えていった。

「うーん……なんだったんだ？」

あっという間にいなくなってしまった黒の鉤爪クランの探索者たちに、俺はしばらくの間ぽかんとしてしまうのだった。


〝えー、格付け完了です w〟

〝佐々木竜司逃げた www〟

〝深層探索者が尻尾《しっぽ》巻いて逃げた www〟

〝やっぱ神木拓也が最強だぁあああああ‼〟

〝神木拓也最強！　神木拓也最強！　神木拓也最強！〟

〝速報、神木拓也、喧嘩売ってきた深層探索者返り討ち、と〟

〝神木先輩‼　今のところ切り抜いておきますね‼〟

〝同接すげぇえええ！！！　14万人超えたぞ‼〟

〝おめでとう神木。新記録達成だな！〟

〝やっぱ神木が世界一よ〟

〝深層探索者が尻尾巻いて逃げだすとかwww　こいつマジでソロで深層潜れるやろwww〟

〝佐々木竜司ダサすぎやwww〟

〝喧嘩売っといて14万人の前で恥晒したwww　クソダセェwww〟

〝盛大な自滅で草なんよｗ〟


「あ、そういや今思ったんですけど……」


〝お？〟

〝なんだ？〟

〝どうかしたか？〟

〝さっきのパンチ本気だったの？〟

〝おめでとう神木。お前の勝ちだ〟

〝実力証明したな〟
〝格付け完了したぞ〟
「モンスターたちがこっちのほうへいっぱい逃げてきたのって……あの人たちのせいだったんですね」
〝いやそっちかよｗ〟
〝うーん、このマイペース……〟
〝こいつは相変わらずやな〟
〝ｗｗｗ〟
〝これでこそ神木拓也よｗ〟
〝し、締まらねぇ……ｗ〟
〝実家のような安心感ｗ〟
〝今日も神木拓也は平常運転です、と〟

【悲報】ダンジョン配信界の超新星こと神木拓也さん、超有名深層探索クランに格の違いを見せつけてしまうwww

0001　この名無しが凄すぎ！（主）
昨日の配信の佐々木竜司のやつやwww
お前ら見たか？ www

0002　この名無しが凄すぎ！
見てない
神木拓也がまた何かやったんか？

0003　この名無しが凄すぎ！
＞＞2
昨日の配信でスタンピード級のモンスターの群れを殲滅
その直後に有名深層クランの黒の鉤爪とご対面
色々あって勝負する流れになって、力の差を見せつけてた
黒の鉤爪は尻尾巻いて退散

0004　この名無しが凄すぎ！
＞＞3
まぁちょっと雑だが大体これで合ってる

0005　この名無しが凄すぎ！
神木拓也マジでやばすぎやろwww
下層から深層にかけてを主戦場にしてる黒の鉤爪とか探索者の中の上澄の中の上澄やんけwww　そいつらが逃げだすほどとかどんだけ強いんだよwww

0006　この名無しが凄すぎ！
よくわからないんだが、神木拓也は深層クランを相手に戦って勝ったってことか？

0007　この名無しが凄すぎ！
＞＞6
違う
正確にはその中の一人と若干揉めて、軽くパンチの打ち合いをした
そのパンチにビビって黒の鉤爪が逃げだした
こんな感じや

0008　この名無しが凄すぎ！
パンチにビビったってなんや？

0012 この名無しが凄すぎ！
まぁ結果として今回の件で神木の実力って完全に証明されたよな
今までもバケモノだってのは周知の事実だったわけだが、一部にまだ深層攻略してる一流探索者には遠く及ばないとかいうアンチもいたから
そいつら完全に今回の件で黙ったやろな

0013 この名無しが凄すぎ！
佐々木竜司のウィッキーペディアクソほど荒らされてて草
神木信者のおもちゃにされてるやんwww

0014 この名無しが凄すぎ！
＞＞13
見てきたが職業かませ犬書かれててわろたwww

0015 この名無しが凄すぎ！
ＳＮＳでも大炎上しとるぞ
成人の探索者が大人気なく高校生探索者に殴りかかって返り討ちにされたってな

0016 この名無しが凄すぎ！
＞＞15
無知で申し訳ないんだが、これって意味がわからんのやが
黒の鉤爪の誰かを拳で殴って黙らしたってことか

0009 この名無しが凄すぎ！
＞＞8
拳は当ててない
鼻先の寸止めだった
ただ威力で衝撃波が発生してダンジョンの壁ガリガリ削ってた
そのせいで喧嘩売ったほうの黒の鉤爪の佐々木竜司って探索者がビビり散らかして逃げてた
詳しくはアーカイブ自分で見てこい
切り抜きとかも死ぬほど上がってるやろうからそっちでええ

0010 この名無しが凄すぎ！
佐々木竜司ダサすぎやwww
自分で実力を証明して見せろ！　とか喧嘩売っといて神木のパンチにビビって逃亡www

0011 この名無しが凄すぎ！
リアタイしてたが、正直あの場面はホッとしたぞ
神木がもし本気であのパンチを佐々木竜司に当ててたら、佐々木は間違いなく死んでたやろな

0019　この名無しが凄すぎ！
黒の鉤爪この件のせいで相当人気落とすやろな
まぁ自分たちから関わっていったんだから自業自得や

0020　この名無しが凄すぎ！
佐々木竜司の個人垢《アカ》、荒らされすぎて凍結されてるやん www
他のメンバーが必死に謝罪して火消ししようとしているが、焼け石に水だな

0021　この名無しが凄すぎ！
つか、神木信者の熱量すごいな www
こいつら黒の鉤爪のホームページまで出張って、神木拓也語録連投して掲示板荒らしまくってるやん www

0022　この名無しが凄すぎ！
＞＞ 21
たった二週間かそこらでよくこんなに熱い信者獲得できたよな
というか荒らし方が単に悪口書くとかじゃなくて関係ない文章を連投するところがカロ藤糸屯二信者に似ててちょっとウケるわ www

0023　この名無しが凄すぎ！
なんでカロ藤のところのノリが神木何かの法に引っかかったりしないんか？
地上で普通に他人に殴りかかったらアウトよな？
ダンジョンの中ではそんなことないんか？

0017　この名無しが凄すぎ！
＞＞ 16
なわけ
そしたらダンジョンが無法地帯になるやろ
ダンジョン内でも普通に他人にいきなり理由なく殴りかかったらアウトや
神木がもし被害届出したら佐々木はアウトやろな
まぁ神木はおそらく今回の件は歯牙《しが》にもかけていないだろうから、被害届は出さないだろうけど

0018　この名無しが凄すぎ！
＞＞ 12
そもそも今までの神木アンチって、神木の凄さがわからないエアプか桐谷のユニコーンのどちらかって言われてたからな
普通にダンジョン潜ったことある奴で神木の実力疑ってる奴なんていないだろ

の信者にまで受け継がれてんだよ
www

0024 この名無しが凄すぎ！
www

0025 この名無しが凄すぎ！
これワンチャン、神木拓也信者がカロ藤信者並みに面倒臭い連中に成長する可能性あるな

0026 この名無しが凄すぎ！
カロ藤信者と神木信者で、配信者界隈で煙《けむ》たがられてる視聴者二大巨頭みたいな www

0027 この名無しが凄すぎ！
今の神木信者とカロ藤信者がバトったらどうなるんや？ w

0028 この名無しが凄すぎ！
大怪獣バトルすぎる www
日本のネット史始まって以来の大戦争やろそんなん www

0029 この名無しが凄すぎ！
いろんなところに飛び火して大変なことになりそう www

0030 この名無しが凄すぎ！
まぁマジレスすると一部視聴者絶対に被ってるし、正面からの対決とか対立にはならないだろうな

0031 この名無しが凄すぎ！
話戻すが、俺的に昨日の神木拓也の配信で見どころだったのは、佐々木竜司ちびらせたところじゃなくて、あのスタンピード級のモンスターの大群を神木が倒したところなんだが

0032 この名無しが凄すぎ！
あれな www
マジやばすぎや www
神木がミキサーになってモンスターミンチにしたやつやろ www

0033 この名無しが凄すぎ！
かミキサー言われてて草

0034 この名無しが凄すぎ！
神木サーワロタ www

0035 この名無しが凄すぎ！
>> 32
ミキサーになってモンスターをミンチってどういう状況や？
意味がわからんのやが

0036　この名無しが凄すぎ！
＞＞35
自分でアーカイブなり切り抜きなり確認してこい

0037　この名無しが凄すぎ！
＞＞36
いやこれはアーカイブ見てもわからんやろwww
リアタイしてたが神木がミキサーになっている間、画面も一緒に回ってて全然何も映ってなかったぞwww

0038　この名無しが凄すぎ！
モンスターが切り刻まれる音だけ聞こえてきててわろたwww
ＡＳＭＲ界隈でモンスター虐殺ＡＳＭＲとか言われて拡散されててマジでわろたwww

0039　この名無しが凄すぎ！
＞＞38
まさかのＡＳＭＲの新ジャンルwww
胎内回帰ＡＳＭＲ出てきたときはこれ以上は出てこんやろと思ったが、もっとやばいの出てきたwww

0040　この名無しが凄すぎ！
いや、胎内回帰ＡＳＭＲってなんだよwww
まずそっちを教えてくれwww

0041　この名無しが凄すぎ！
＞＞40
お母さんのお腹の中に赤ちゃんになって回帰した、って設定でやるＡＳＭＲやな
女の子の体内の音を楽しめるんやwww

0042　この名無しが凄すぎ！
＞＞41
体内の音楽しむってなんや？
お腹にでも当てるんか？

0043　この名無しが凄すぎ！
＞＞42
そういう奴もいるが、本格的なやつはマイク中に入れてるぞ

0044　この名無しが凄すぎ！
ファッ⁉
中にってまさか……？

0045　この名無しが凄すぎ！
お○んこの中やwww

0046　この名無しが凄すぎ！（主）

ファーwww
やばすぎやろwww
そんなＡＳＭＲあるんかwww

0047　この名無しが凄すぎ！
やばいぜ
検索したらすぐ出てくる
配信のコメント欄とか、バブーとかあいあいとか赤ちゃん言葉で埋め尽くされててマジできっしょいから一度動物園に行く感覚で見ておくのはおすすめ

0048　この名無しが凄すぎ！
＞＞47
きっっっっっしょwww

0049　この名無しが凄すぎ！（主）
おいお前ら！
話が逸《そ》れすぎだ‼
ここは神木拓也について語るスレやぞ‼
関係ない話する奴はアク禁にするぞ‼

0050　この名無しが凄すぎ！
＞＞49
すまんすまんw

0051　この名無しが凄すぎ！

うぅ……今日も神木拓也のスレ立ちすぎだよぉ……

ワイの立てた腹筋スレ一瞬で流れてもうた……

0052　この名無しが凄すぎ！
＞＞51こいつまたいるわw

0053　この名無しが凄すぎ！（主）
＞＞51アク禁

0054　この名無しが凄すぎ！
あっ

0055　この名無しが凄すぎ！
あっw

0056　この名無しが凄すぎ！
粛清《しゅくせい》されたwww

0057　この名無しが凄すぎ！

この時間の名物腹筋スレガ〇ジが粛清されたところで神木拓也の話に戻すけど、あいつ最近同接やばくないか？

昨日も同接10万人普通に超えてたし、アベレージどんなもんよ？

0058　この名無しが凄すぎ！
昨日の配信は最高同接14万人な
普通に神木拓也史上一番の同接記録更新や
深層のドラゴン討伐配信は同接12万５０００人だったからな

0059　この名無しが凄すぎ！
＞＞58
同接そんなにいったんか
やっぱり黒の鉤爪の人気のおかげもある？

0060　この名無しが凄すぎ！
＞＞59
もちろんある
というかダンジョン内での探索者同士のトラブルは元々同接上がりやすい傾向にある
同接上げるためにわざわざ身内同士で、ダンジョンの中でトラブルを演出したりしている連中までいる始末

0061　この名無しが凄すぎ！
ネット民喧嘩好きだからなぁ
しかも今回は今話題のダンジョン配信界の超新星、神木拓也と深層探索者クランで知名度もある黒の鉤爪のトラブルだもんなぁ
そりゃ同接も上がるわ

0062　この名無しが凄すぎ！
＞＞57
神木の同接アベレージは現状６万とか７万ぐらいやな
ここ最近暇でずっと神木監視してるが、神木が上層に潜ってるときは大体３万から４万ぐらいの同接で、それが中層に行くと４万から５万、下層に行くと６万から七万になるって感じやな
見どころがあればここからさらに増えて８万とか９万行くこともある

0063　この名無しが凄すぎ！
＞＞62
はえー
せなんや
同接アベレージ７万ってすごいな。これ、ダンジョン配信界隈でどのぐらいの数字なん？

0064　この名無しが凄すぎ！
＞＞63
普通にトップ層レベル
同接ランキングサイト見てきてみ？
神木の上にはもはや数人しかいない

0065　この名無しが凄すぎ！
＞＞64
結局神木は一発屋じゃなかったってことか。

普通に桐谷の件をきっかけに成り上がったな
チャンスをものにした成功例や

0066　この名無しが凄すぎ！
＞＞65
神木拓也が出てきた初期の頃、普通に一ヶ月後には同接三桁とか言ってた奴いたからな www
あいつら今どこ行ったんだよ www

0067　この名無しが凄すぎ！
＞＞66
そいつらほとんど桐谷豚だぞ www

0068　この名無しが過ぎすぎ！
＞＞66
桐谷豚今マジで顔真っ赤にしてキレてるぞ www
桐谷専用スレ見てきてみ www
神木拓也の人気に嫉妬した連中が、水増しがどうとか騒いでるぞ www

0069　この名無しが凄すぎ！
＞＞68
神木拓也が水増し www
苦しいぃいいいいいいいいいいいいいいいいいいいい www
そんなわけないだろ www

0070　この名無しが凄すぎ！
＞＞68
むしろ水増しなのは可愛い高校生ってだけで人気が出てる誰かさんなんじゃ……

0071　この名無しが凄すぎ！
＞＞70
やめたれ www

0072　この名無しが凄すぎ！
＞＞70
神木拓也見て感覚麻痺しすぎ
そもそも高校生で女で中層をソロで攻略できるってだけで上位１％未満の上積み
桐谷の人気は順当

0073　この名無しが凄すぎ！
＞＞72
桐谷豚さんちっす

0074　この名無しが凄すぎ！
＞＞72
ぶひぶひ w

0075　この名無しが凄すぎ！
＞＞72
まぁ桐谷の人気は俺も順当だと思う

よ
ただ最近は神木拓也のおかげですっかり霞《かす》んでるが

0076　この名無しが凄すぎ！
つか昨日の配信、マジで見どころ多かったよなー
神木サーと黒の鉤爪のせいで忘れ去られてるけど、こいつその前にモンスターに殺されかけてる高校生三人救ってるからな

0077　この名無しが凄すぎ！
＞＞76
あったなそんなこと www
そのあとに色々ありすぎて忘れてたけど www

0078　この名無しが凄すぎ！
あの高校生三人その後どうなったんや？
確か神木が上層まで送り届けてたよな？
無事に帰ったんか？

0079　この名無しが凄すぎ！
＞＞78
ちゃんと地上に戻れたみたいやね。
特定されたＳＮＳに三人でダンジョンの入り口で撮った写真がアップされとる

0080　この名無しが凄すぎ！
＞＞76
神木拓也に憧れてダンジョン潜ったあの三人か
あいつら持ち前の素直さに助けられたよな www
ちょっとでも態度悪かったらこっちも神木信者に燃やされてただろうな www

0081　この名無しが凄すぎ！
ちゃんと助けてもらったお礼言えてたからな
礼儀がなってて偉いってむしろ評価されてた

0082　この名無しが凄すぎ！
というかどう見ても神木のファンだったからな
流石にファンを燃やすほど神木信者も鬼畜《きちく》じゃないやろ w

0083　この名無しが凄すぎ！
こいつら神木効果でＳＮＳフォロワー１万人ぐらいに増えてて草
めっちゃ喜んでる w

0084　この名無しが凄すぎ！
三人揃ってアイコン、神木拓也と自分の顔が一緒に映ってるところを配信から切り抜いてきた場面にしてるのワロタ w
一生の思い出にしますとか言ってるわ www

0085　この名無しが凄すぎ！
>> 84
可愛い w

0086　この名無しが凄すぎ！
>> 84
ぐうかわ

第6話

黒の鉤爪クランのリーダー、日下部雅之は驚いていた。

深層探索の帰りに、下層を通りかかってみたら、今話題の高校生ダンジョン配信者、神木拓也に遭遇したからだ。

「奇遇だな。まさかこんな場所で会うとは」

神木拓也は、現在ダンジョン配信界隈を賑わせている有名探索者だ。

人気配信者桐谷奏をイレギュラーから救ったことで脚光を浴び、その後の配信で高校生ながら下層でソロで十分に通用する実力を知らしめて配信者としての人気を不動のものとした。

また噂では、神木拓也はイレギュラーで現れた深層のリトルドラゴンをソロで倒したという。

最初その話を聞いたとき、日下部はとても信じることができなかった。

一流の深層探索者である自分でもソロだと倒せるかどうかわからない深層の竜種を、高校生の探索者がソロで倒した。

そんな話を信じろというほうが無理な話だ。

だが、神木拓也はそのドラゴンを倒したときにダンジョン配信を行っており、その配信に訪れていた10万人を超える視聴者が実際に神木拓也がソロで深層のドラゴンを討伐する偉業の瞬間を目撃している。

日下部は自分でもあちこちに転載されている切り抜き動画などを見て確認したのだが、映像の中で神木拓也は、人間とはとても思えない、まるで創作物のキャラクターのような動きでドラゴンと戦い、倒していた。

あまりの現実感のなさに、コメント欄には作られた動画ではないかと疑う声がたくさんあったし、日下部もそれを疑っていた。あらかじめ作られた動画を配信で流したのではないか。日下部にはそうとしか思えなかった。

だから……

「リーダーだってよぉ、気になってんだろぉ？　こいつの実力をよぉ」

自らのクランメンバーの一人、佐々木竜司がそんなことを言いだしたとき、日下部は強く反論することができなかった。

目の前には、今深層クランの間でも噂になっている前代未聞の高校生ダンジョン配信者神木拓也がいる。

こうして実際に相対してみて、やはりドラゴンをソロで狩れるような強さは感じない。

日下部自身、神木拓也にどれほどの実力があるのか、知りたいという気持ちに抗《あらが》うのは難しかった。

だから、神木拓也に突っかかる佐々木竜司を本気で止めたりはしなかった。

もしクランリーダーである自分が本気で止めようと思えば、佐々木竜司の暴走を止めることができたかもしれない。

だが、佐々木同様日下部もまた、こうして偶然会った神木拓也の実力を試してみたいと心のどこかで思ってしまい、それが結果的に佐々木の暴走を許すことになってしまったのだ。

「ほぉ？　これを止めるのか」

佐々木は、思ってもみなかった行動に出た。

なんといきなり神木拓也に殴りかかったのだ。

これは流石の日下部も予想外だった。

「何してるんだ竜司⁉」

「うるせぇ」

日下部は佐々木を糾弾するとともに、ほっと胸を撫《な》で下ろしていた。

もし竜司の拳が神木拓也に当たり、怪我でもさせていたら大事《おおごと》だった。

(しかし……竜司の拳を止めるか。実力は本物だな)

佐々木の拳を真正面から受け止めて表情一つ変えないところを見るに、神木拓也に人並み外れた実力があることは確かなようだ。

本当にドラゴンを倒したかどうかはわからない。だが、成人の深層探索者と同レベルの実力を持ち合わせていることは明らかだった。

「こいよ。俺からだけじゃ不公平だろ？　お前も一発殴ってこいよ」

神木拓也に殴りかかり、そして止められた佐々木は、今度は神木拓也に自分を殴るように催促した。

神木拓也は戸惑っていたが、日下部もまた、神木が佐々木を殴ることを容認することにした。

このままだと自分たちクランは、いきなり神木拓也に殴りかかった最低の探索者集団ということになりかねない。だから神木からも竜司を殴ってくれたほうが好都合だと思ったのだ。

「このままじゃ、俺たちは高校生のお前に一方的に手を上げたことになってしまう。一発でいい。勝負という体裁を整えるために、竜司にも同じように殴りかかってくれないか？」

「わかりました」

仮にも佐々木は深層探索者。神木拓也も相当な実力を持っているが、殴られても死ぬことはないだろう。多少怪我するかもしれないし、痛みを伴うかもしれないが、そこは竜司から仕掛けたということで自業自得だ。治療費がもし発生したら経費として落としてやろう。

そんなことを考えた矢先に、ありえないことが起こった。

ボッ！！！

何かが爆《は》ぜるような音が鳴り、気づけば神木拓也の拳が佐々木の鼻の寸前にあった。

そして、次の瞬間……

ドガガガガガガ！！！

「……っ⁉」

衝撃波が発生し、佐々木の背後のダンジョンの地面や壁が大幅に削られた。

「は……？」

佐々木は何が起きたのか理解できずにぽかんと口を開けている。

「まさかこれほどとは……」

想像のはるか上をいく威力だった。

神木拓也の拳の動きを、日下部は目で追うことができていなかった。

深層探索者の自分の動体視力は、一般人よりも圧倒的にいいはずなのに、それでも神木拓也の動きを捉えられなかったのだ。

(決まりだな……疑った俺が間違っていたんだ)

日下部は確信する。

あの動画は本物だ。

神木拓也にはソロで深層のドラゴンを討伐できる力がある。

軽く振ってしかも寸止めにした拳の威力をたった今目にして、日下部はそのことを嫌というほどわからされた。

(一体どんなことをしたら、高校生にしてこのレベルに至れるんだ……)

日下部は途端に神木拓也が恐ろしくなってきた。

一見無害そうに見えるこの高校生が、下手したら黒の鉤爪のメンバー四人全員で勝負を挑んでも勝てないほどの実力を秘めている。

そんな信じたくないような事実が、よくできたホラーよりも怖くなってきたのだ。

「ひぃいいいいいいいいいい!?!?」

誠に情けないことに、佐々木は自分から勝負を挑んだにもかかわらず、神木の前から逃げだした。

まぁあの拳を正面からくらいそうになったのだから、その気持ちもわからなくもない。きっと竜司は、拳が迫る寸前、死すら意識したかもしれない。

……実際あの拳が寸止めではなく竜司に当たっていたら、命はなかったかもしれなかった。

「い、色々本当にすまなかったっ」

結局その場は神木にそう謝罪して、日下部たちはその場を退散した。

そして黒の鉤爪はその夜、大炎上した。

それは順当な結果と言えた。

大の大人である成人の深層探索者クランが、未成年の高校生にいきなりダンジョンで殴りかかったのだ。

当時配信は、10万人を超える視聴者が見ていたらしく、目撃者は十分。

事件は瞬《またた》く間に拡散された。

黒の鉤爪クランの名前には、今後挽回できるかもわからないほどの傷がつき、中でも自分から喧嘩を売っておいて恐れをなして逃げだした佐々木竜司の信用は地に落ちた。


「おい、いるんだろ？　竜司？　おい」

高級マンションの一室のドアを、日下部は叩く。

神木拓也との事件から一週間が経過。

あれ以来、佐々木竜司は、自分の借りている高層マンションの一室から出てこなくなってしまった。

世間から色々言われ、自分を恥じているのかもしれない。

あるいは、圧倒的強者である神木拓也の前から逃げだしてすっかり自信を失っているのかもしれない。

「……どうしてこうなった」

深層クランとして着実に成り上がっていた道が一気に断たれてしまった。

メンバーのうちの一人のたった一つの行動で、自分たちを取り巻く環境が何もかも変わってしまった。

「もし……あの日に戻れるのなら……」

やり直したい。

そう日下部雅之は、できもしないことを夢想する。

あの日に戻って……神木拓也という前代未聞の『怪物』に身の程を弁《わきま》えず喧嘩を売ってしまった哀れで愚かな佐々木竜司を全力で止めたい。

そんな、できもしないことを頭の中でぐるぐると考えながら、日下部は佐々木の部屋のドアを今日も叩くのだった。

＃＃＃

黒の鉤爪とかいうクランと配信中に揉めたその翌日。

俺はいつもの時間に登校してきて、校門をくぐるなり生徒たちに群がられ、サインや握手を求められる……

ことなく、コソコソと校舎へ入ることに成功していた。

……最近裏門からこっそり登校するという賢いやり方を覚えました、はい。

「はぁ……昨日は色々あったなぁ……まぁ、同接上がったし別にいいけど」

なるべく俯いて顔を伏せながら廊下を歩き、教室へと向かう。

その間、頭の中で反芻《はんすう》するのは昨日の配信での出来事だった。

俺のファンだという高校生を中層でダンジョンスネークから救い。

スタンピード並みのモンスターの群れを、全方位攻撃という即席で編み出した技で殲滅し。

その後、下層で黒の鉤爪クランとばったり出くわし、そのうちのメンバーの一人、佐々木竜司にいきなり殴りかかられたのを返り討ち？　にして……

「ちょっとやりすぎだったかな……？　いや、でも先に手を出したのは向こうだし……」

結局黒の鉤爪の人たちがいなくなったあと、俺は普通に下層探索を続け、頃合いを見て地上へと帰還した。

家に帰ってSNSを確認してみると、黒の鉤爪は大炎上していた。

神木拓也が黒の鉤爪クランに格の違いを見せつけた。

そんな旨の呟きがめちゃくちゃバズったりもしていた。

……ちょっとやりすぎてしまったと反省。

でも先に手を出したのは向こうだし、俺に非はないと信じたい。

日下部とかいう人も、殴っていいって言ってたし。

実際に拳を当てたわけじゃないし。

寸止めだったし。

「あー、考えることが多すぎる……」

結果的に最高同時接続を更新したのだから、よしとしよう。

そう自分に言い聞かせ、俺は自分を悩ませている事後処理のあれやこれやを首を振って思考の外に追い出す。


「そろー……」

教室に着いた俺は、後ろのほうからそっと中へ入る。

クラスメイトたちはいまだに俺の存在に気づいていない。

昨日あんなことがあったし、俺が登校してきたってわかったらちょっとした騒ぎになるかもしれない。

桐谷を助けたときみたいに。

……それは勘弁願いたい。

昨日のことで疲れも溜まってるし、冷静に対処できる自信がない。

「よぉ、神木拓也。お疲れか？」

「……祐介《ゆうすけ》」

俺は空気。

そう自分に言い聞かせて自分の席で縮こまっていると、すでに登校していたらしい悪友、風間《かざま》祐介が話しかけてきた。

「なんだその嫌そうな顔は」

「頼むから静かにしてくれ」

「みんなに気づかれるのが嫌か？」

「……」

祐介がニヤニヤしながら聞いてくる。

わかってんなら話しかけてくるんじゃねーよ。

「皆に気づかれることを心配する、とか、お前もすっかり有名人が板についてきたねぇ」

「……っ」

「ちょっと前のお前なら自分がそうなるなんて想像もしなかったろ？　クラスで空気だったお前が、今は逆に空気だった頃の平穏《へいおん》を欲している。今どんな気分よ？」

「お、お前なぁ……」

いちいち鼻につく奴だ。

……だが確かにその通り。

最近、高校内だけでなく道を歩いていても話しかけられることが増えた。

……別に有名人を気取るつもりはないが、盗撮をされていると気づいたこともここ最近一度や二度ではない。

自分が配信者として成り上がった証左だと思えば嬉しくもあるのだが、俺は以前の平穏な暮らしがちょっと懐かしく感じるようになっていた。

配信にはたくさん人が来てくれるけど、現実では誰からも声をかけられないし、写真も要求されない。そんな都合のいいことが起こらないだろうか。

……無理ですよね。

「有名税だと思って諦めろ」

「……ああ、そうするよ」

はぁ、とため息を吐く俺。

祐介はこれで会話を終わらせるつもりはないらしく、依然としてニヤニヤしながら聞いてくる。

「で、どうよ？　深層探索者に10万人の前で格の違いを見せつけた感想は？」

「……っ……やっぱ本題はそれかよ」

予想できたことだが。

やはり俺は祐介に昨日のことを根掘り葉掘り聞き出される運命らしい。

第7話

「感想って……特に言うことはないけどな」

「お前に言うことはなくても、世間は言いたいことだらけだ。ネットは大騒ぎだったぞ？　お前、自分の専用スレとか見てるか？」

「見てない……」

ネットで評判を確認するためにエゴサーチなどはたまにするものの、流石にネット掲示板までチェックする気にはならなかった。

……多分いろんな悪口が書かれているだろうし、そんなのに全部目を通していたら間違いなく精神が病む。

「自分で確認してみろよ。かなり面白かったぞ。大方《おおかた》は賞賛の嵐だな。特にお前のファンは、これでお前の実力を疑うアンチが黙ったってウキウキだったぞ」

「俺の実力を疑うアンチ？」

「ああ。桐谷のファンが桐谷ファンを隠してお前のアンチをやっているとも言われてるな。真相は定かじゃないが、ともかくお前のアンチが一部にはいて、そいつらの主張は、お前はハリボテの大した実力がない成り上がりってものだ。深層のドラゴンを倒せたのはたまたま。神木拓也の実力は、一線級の探索者には遠く及ばない。それがお前のアンチの主張だよ」

「へぇ……そんな奴らがいるのか」

まぁ、人気が出れば、どんな聖人だろうがアンチは必ず発生する。

アンチがいること自体はあまり気持ちのいいものじゃないが、人気の証左として受け取っておこう。

「そいつらが今回の件で完全に沈黙してたな。黒の鉤爪クランは名の通った深層クランだからな。そのメンバーの一人、佐々木竜司がお前とのタイマンで恐れをなして逃げだしたわけだから、お前の実力も晴れて証明されたってわけだ」

「タイマンて大袈裟《おおげさ》な……ちょっとした小競り合いだ」

「まぁお前にとってはそうだろうさ。でもお向こうにとってはそうじゃなかった。佐々木竜司はお前の軽く振った拳で死すら覚悟しただろうからな」

「いや流石にそれは……」

確かにものすごい勢いで逃げていったけど。

死を覚悟したは大袈裟だと思う。

「お、俺は当然の対応をしたまでだ。殴り返す許可もリーダーの日下部って人にもらったし……というか、先に仕掛けてきたのは向こうのほうだし……」

「ああ、そりゃもちろん。世論はお前を批判なんてしてないぜ？　むしろ糾弾《きゅうだん》されているのは黒の鉤爪のほうだな。何せ、成人クランのくせに未成年のお前にいきなり殴りかかったわけだからな。

お前のファン筆頭に、ＳＮＳやらホームページやら掲示板やらが荒れに荒れまくってるぞ」

「……マジか」

俺のせいでそんな大事に……

俺はどうしたらいいのかと頭を抱える。

「まぁ、これに関してはお前は何一つ悪いことしてないんだし、黒の鉤爪の自滅だから気にする必要ないと思うけどな。とりあえず、今日の雑談配信で軽く触れとけ。自分は何も気にしてないから、これ以上向こうを責めるのはやめてくださいって。そういえばお前の信者の暴走も止められるさ」

「アドバイスありがとう……」

まぁ俺も自分で考えていたことだが、それが一番スマートな対応だろう。

今日帰って雑談配信で、さらっとそのことを視聴者に告げようと思う。

それで黒の鉤爪の炎上が鎮火《ちんか》してくれればいいけど……

「しかし、お前もすっかり大きくなったよな？　同接14万だったか？　新記録じゃないのか？」

「まぁ、最高同接だな。けどほとんど黒の鉤爪のおかげだ」

昨日俺は同接14万人超えを記録して、俺の配信における最高同接記録を塗り替えた。

もちろん黒の鉤爪の知名度もかけ合わさってのことだろうが、それでもあの日のドラゴン討伐配信の同接を超えられたのは素直に嬉しい。

最高同接更新は、まだ配信者として伸び代があるんじゃないかって思わせてくれるしな。

「アベレージも7万から8万ぐらいか……いやぁ、すっかり人気ダンジョン配信者の様相を呈してきたな」

「……まさか俺もここまでは予想外だ」

桐谷を助けたことで伸びた俺が、まさか桐谷を超えることになるとはな。

まだ登録者やフォロワーという点では桐谷に軍配が上がるが、同接のアベレージにおいては今のところ桐谷を2万から3万ほど上回っている。

……もちろんこの同接が数ヶ月後も続いていくかどうかは未知数だが。

「もう完全に配信者として桐谷や他のトップ層と同格ってところまで来たな。お前のファンもネットで大きな影響力を持つほどに勢力化してる。もしこのまま伸び続けたら、ダンジョン配信界隈だけじゃなくて、全配信界隈でトップに躍《おど》り出ることも夢じゃないかもな」

「いや流石にそれは……」

世の中にはいろんな配信界隈があり、それぞれの界隈のトップ層はやはり冗談のような同接を持っていたりする。

そこへ俺が食い込んでいけるかどうかはまだまだ先の話だろう。

まずはダンジョン配信界隈において人気を不動のものにする。

話はそれからだな。

「それから、好感度的な意味でもかなりいい線行ってるぞお前。実力はあるけどナルシストじゃないし、オラついてないし、物腰柔らかくて、若干天然で、しかも人助けまでするお人好《よ》しだからな」

「……っ……お前に褒められるとなんかむず痒《がゆ》いんだよ」

この悪友、風間祐介の言葉はどうしても素直に受け取れない。

何か裏があるんじゃないかって疑ってしまう。

「ひどいな。たまには俺だって純粋な気持ちで人を褒めることだってあるんだぜ？　ったく、悲しいぜ」

祐介がオーバーに悲しんでみせる。

そういうところが、嘘くさいって俺は言ってるんだけどな。

「まぁ、お前の俺に対する信用のなさはともかく……昨日の高校生を助けたムーブ、あれはよかったな。実質お前は三人の命を救ったわけだ」

「あぁ、あれな……」

黒の鉤爪のことで忘れてしまいがちになるが、そういや昨日のダンジョン配信で俺はダンジョンスネークに殺されそうになっていた高校生三人を助けている。

……そのうちの一人は、俺が駆けつけたときにはダンジョンスネークのお腹の中であと少し遅れていたらかなりやばかった。

本当に間に合ってよかったと思っている。

「あの件でお前の好感度、相当上がったぞ。よかったな」

「いや……あれは助ける以外に選択肢がないだろ」

逆に見捨てていたら俺は大炎上だっただろうな。

……というかあの三人、俺に憧れて無謀なダンジョン探索に挑んだみたいだったし、なんだかマッチポンプ感が否《いな》めない。

むしろあの三人みたいに俺の配信を見て変に影響されて、無謀な探索に潜る連中が出ないか心配になってくる。

「あの三人……俺のせいでダンジョンに潜ったみたいなんだよな……」

「なんだ？　まさか自分のせいだって思ってるのか？」

「……違うのか？」

「はぁ……やれやれ。お前は少し考えすぎだ」

ポンと祐介が俺の肩を叩いた。

「視聴者に与える影響とか、そんなことまで考えていたらダンジョン配信者なんて誰も配信できなくなるだろ。お前以外のダンジョン配信者だって同じようなもんさ。視聴者に影響を与え、その一部が無謀な探索に挑み、さらにその中の運の悪い一部が死ぬことだってあるだろうさ。でもそんなことまで考えを巡らせる義務は、ダンジョン配信者にはない」

「……確かにそうかもしれんが」

「難しいことは考えるな。お前は配信に集中すればいいんだよ。お前の配信が周りに与える影響は、マイナスよりも確実にプラスのほうが多いだろうしな」

「……お、おう」

不覚にも祐介に慰《なぐさ》められてしまった。

こいつ、いつもはニヤニヤしてせこいことばっかり考えるくせに、たまにこういう一面見せてくるからな。

ずるいというかなんというか……

「それに、昨日の配信でむしろ注意喚起みたいな効果にはなったんじゃないか？　無闇《むやみ》にお前に憧れてダンジョンに潜ったらああなるぞっていういいサンプルになったろ」

「まぁ、な」

「高校生が一人、ダンジョンスネークの腹の中から出てくる映像はなかなかにショッキングだったぞ？」

「……当事者がトラウマになってないといいが」

モンスターに喰われて、腹の中で死にかけた。

トラウマになってもおかしくないような出来事だ。

「それに関しては大丈夫だろうな。特定されたＳＮＳ確認してみたんだが、お前に会えて相当はしゃいでたぞ。アイコンもお前の配信から切り抜いてきた画像使ってて、一生の思い出にするだとさ。お前のおかげでフォロワーも増えに増えて1万超え。めちゃくちゃ喜んでたぞ」

「……あいつら」

本当に昨日のことで反省したのだろうか。

やっぱりあの場で強く言っておいたほうが良かった気がする。

「海外のほうでも順調に拡散されていってるしな。国内でも国外でも着実にお前は知名度を伸ばしていってるぞ」

「そうなのか？」

「ああ。これを見ろ」

祐介がスマホの画面を見せてくる。

そこには俺がダンジョン配信を行《おこな》っているサイトの、とあるチャンネルが表示されていた。

なんだこれ。

チャンネルアイコンが俺の顔になってるけど、概要欄は英語だぞ……？

「お前専用の海外翻訳切り抜きチャンネルだな」

「はぁ⁉　そんなのあったのか⁉」

全然知らなかった。

まさか専用のチャンネルまでできているとは。

「って、登録者１９０万人⁉　俺のチャンネルの登録者超えてるじゃねーか‼」

思わず大きな声で叫んでしまった。

周囲の生徒が驚いてこちらを見る。

あーあ、コソコソ喋ってたのに台無しだ。

でもこれは誰でも驚くって……

「なんでこんなことになってんだよ⁉　再生数も50万ぐらいあるし……」

まさか俺がせっせと国内に向けて売り出している間に、海外のほうがこんなことになっていようとは。

……確かに、最近自分の配信中に英語コメとか見かけることが多くなったなとは感じていたけど。

「ダンジョンサムライの渾名《あだな》がすっかり定着してるぞ。よかったな」

「うーん……いいことなのか？」

素直に喜べない。

ダンジョンサムライってなんなんだよ。

サムライ要素どこだよ。

「これくらいの再生数だと収益もそれなりだろうな。どうだ、神木。ここらで大手の切り抜きチャンネル運営者と話し合って、ある程度は収益回収する話をしておいたほうがいいんじゃないか？」

「……いやそれは」

「……月に何百万……いや下手したら何千万って大金が転がり込んでくるかもしれんぞ？」

「う……それは……」

金額を聞いて俺は一瞬欲に目が眩《くら》む。

確かにまだ収益化されていない切り抜きチャンネルが多いものの、現在の再生数的に、収益化されれば相当な収益を上げることになるだろう。

……その一部を回収するだけでも月に１００万円は確実に超えてくる。

編集の手間などもかけずに甘い汁を吸えるまたとないチャンスだ。

「い、いや……それはやらない……」

だが俺はなんとか欲望を理性で制した。

俺は以前に、切り抜きチャンネルから収益を回収する予定はないと公言しているからな。

今から意見を変えたら「金に目が眩《くら》んだのか」と炎上すること必至だ。

流石にそんな愚かな選択はできない。

「切り抜きはこれまで通り野放しにするよ。そのほうが、切り抜き師たちのモチベーションも上がるだろうしな」

「欲がないな。俺なら五割は取るね」

「取りすぎだろ」

「そうか？　そんなものだと思うが」

それぐらいでやってる配信者の話も聞くけども。

「まぁー、そこはお前の好きにしろよ。俺にはどうこう言う権利もない」

「おう」

「ともかく俺が言いたいのは、お前は順調に軌道に乗って進んでるってことだ。最高同接も更新したみたいだし、まだまだ上を目指せると思うぞ」

「……もちろんそのつもりだ」

日常にまで配信の影響が侵食してきて若干迷いはあるものの。

基本的には自分が配信者として人気になるのは嬉しいし、俺は行けるところまで行くつもりだ。

ここで頑張らないと後々後悔することは目に見えているしな。

「あ、そうそう。もう一つ、お前に言っておきたいことがあったんだった」

「……？」

「桐谷のことなんだが……」

「う……」

祐介が声を潜《ひそ》めて言った。

「最近どうなんだ？　桐谷とは……」

「いや、どうなんだって言われても……」

「コラボするって話だったろ？　お前が桐谷と同格の配信者になれたら。もうその条件は満たしてるが、向こうからのアプローチはないのか？」

「それがだな……」

俺は周囲で聞き耳を立てている連中がいないことを確認してから、声を潜めて祐介に言った。

「おかしなことに……最近桐谷からは全く関わってこようとしなくなったんだよ……」

「へぇ……そうかそうか」

一時期は俺の配信に来てコメントまでしていた桐谷。

それが最近は俺の配信に現れることも、学校で関わってくることもなくなった。

そのおかげか、桐谷のユニコーンと思しき視聴者が俺の配信に現れることも最近はなくなった。

……俺としてはこのまま桐谷ファンと俺、そして俺の視聴者の敵対関係みたいなものが徐々に解消されていってほしいと願っているのだが。

「ん？　なんだよ……ひょっとしてお前、何かやったのか？」

祐介が意味ありげにニヤニヤしているのを見て、俺は祐介を問い詰める。

祐介が少し得意げに種明かしをした。

「俺が一芝居打《ひとしばい》ったのさ。お前のために」

「一芝居？　何をした？」

「まぁ、端的に言うと、桐谷にそれとなく今お前と絡むのは迷惑だって伝えたんだ」

「え……まじ？」

こいつ俺の知らない間にそんな大胆な行動に出てたの……？

「なんだその顔は？　そう驚くことじゃないだろ？　親友のために一肌脱ぐことなんて、俺にとっては当たり前のことさ」

「……具体的に何したんだよ」

「ちょっと可哀想だと思ったが、過去の事件を持ち出したのさ」

「過去の事件？」

「ああ。桐谷に偶然関わってしまったばっかりに、ネットから抹消《まっしょう》された男たちの話を」

「あぁ……」

桐谷の配信に男が映るのを極端に嫌うユニコーンと呼ばれる視聴者たち。

そんなユニコーンたちに、桐谷に偶然少し関わってしまったというだけで燃やされて消された男たちは今までに大勢いる。

祐介はそんな消されていった哀れな犠牲者のことを言っているのだろう。

「桐谷も、過去の事件のことでそれなりに思い悩んだみたいだし、繰り返したくないと思ってたみたいだな。俺がちょっと画像と一緒に、今回もそういうことになるかもしれないって伝えたら、一瞬で引き下がったぞ」

「画像？」

「桐谷の視聴者がお前の悪口掲示板に書いてたからそのスクショ見せたんだよ」

「あぁ、なるほど……」

「今までみたいに、神木拓也という配信者も、桐谷の視聴者の餌食《えじき》になるかもしれない。そう言ったら桐谷は慌てて、しばらくコラボを頼むことはしないし、配信にも顔出さないって言ってたな。あと、お前に謝っておいてほしいとも言われた」

「……なるほどな」

どうやら桐谷がここ最近俺に関わってこなくなったのは祐介のおかげだったらしい。

「……一応お礼言っとくよ、ありがとう」

「おう、いいってことよ」

祐介がニッと笑った。

「まぁ、今のお前なら桐谷に攻撃されたところで潰されないだろうが……でも足を少しでも引っ張られる可能性がないってのは大きいだろ？」

「そうだな」

「……まぁ桐谷には気の毒なことをしたがな。いつか絡んでやれよ？　なんだかんだお前がここまで打ち上がったの、桐谷のおかげなんだし」

「おう……わかってるよ」

これきり桐谷との関係を断つかと言ったらもちろん否だ。

いつか憂《うれ》いなく桐谷とコラボできるような状況になったら、そのときは恩返しの意味も込めて桐谷にこっちから誘いをかけようと思っている。

……もちろん桐谷がそれを許すなら、だけどな。

「ただ、引き下がったものの未練はあるようだな……ほら、見ろ」

「え？」

「今も……こっち見てるぞ」

「はい……？」

祐介が顎でしゃくったほうを俺は見る。

「あ」

「……!!」

祐介の視線を追った先に、こっちを見ていた桐谷がいた。

一瞬交錯する俺と桐谷の視線。

慌てて、桐谷が目を逸らす。

「今……俺を？」

「ああ。お前を見てたな」

「な、なんでだ……？」

「どうしてだろうな？」

ニヤニヤしながら祐介が俺と桐谷を見比べる。

「何かお前に対して特別な感情でもあるんじゃないか？」

「……っ……なわけあるか」

「お？　今一瞬嬉しいと思ったか？」

「思ってねーよ」

またその話か。

俺をからかって反応を楽しみたいのかなんなのかわからんが、そんなことあるはずないだろうが。

きっとあれだ。

俺を見ているのは、恨《うら》みがあるからだ。

自分のせいで人気になったはずの俺が、桐谷の存在を無視して配信を続けているのがちょっとムッとなって、それで恨みの視線を込めて俺を見ているんだ。

そうに違いない。

……なんか言ってて悲しくなってきたな。

「ふふ……いやぁ、神木くん。君の親友をやっていると本当に退屈しないなぁ」

「お前なぁ……」

お前、俺のこと好きに振り回していいおもちゃか何かだと思ってるだろそうなんだろ。

第8話

「さて、やりますか……」

放課後、寄り道せず即帰宅した俺は、自室に篭《こも》り、早速配信の準備をする。

今日行うのは雑談配信。

昨日のダンジョン配信での出来事について視聴者のコメントを拾いながら振り返り、それが終わったら『あるもの』を視聴者に紹介しようと思っている。

あと今日学校で祐介に言われた通り、黒の鉤爪とのトラブルにも軽く触れておこうと思っている。

俺が一言気にしてないことを表明すれば、炎上も鎮火してくれると思う……多分。

「ポチッとな」

始まる前に一通り配信の流れを頭の中で確認した俺は、配信の開始ボタンを押した。


「こんにちはー……」

〝きたぁあああああああ！！！〟

〝うぉおおおおおおお！！！〟

〝やったぁあああああああああ！！！〟

〝やあ〟

〝やあ〟

〝やあ〟

〝やあ、、〟

〝待ってた〟


配信を開始するのと同時に、怒涛のごとく視聴者がなだれ込んでくる。

コメント欄が〝やあ〟いう最近俺の配信に定着しつつある始まりの挨拶と、〝きたぁあああああああ〟という配信開始を喜ぶコメントなどで埋め尽くされる。

昨日のことがあったからか、同接も開始して数秒で2万人に到達。

数千単位でどんどん増えていく。

「きょ、今日は雑談配信です……えーっと……とりあえず配信開始の呟きを……」

俺はSNSで配信が開始されたことを呟きながら、人が集まってくるのを待つ。

忘れないうちにすぐにでも昨日の黒の鉤爪とのトラブルについて気にしてないことを表明したいが、人が集まりきってない段階で言っても効果は薄いだろうからな。

しばらく適当にコメントを拾って時間を潰すとしよう。

〝学校お疲れ様〟

〝仕事終わりの配信助かる‼〟

〝昨日お前に絡んだ黒の鉤爪めっちゃ燃えてるぞwww〟

〝深層探索者クランを返り討ちにした高校生探索者の配信はここですか？〟

〝待ってたぞ神木ぃ‼〟

〝ニートだから今起きたおーｰ〟


「お、お仕事お疲れ様です。見てくれて嬉しいです」

コメント欄を確認すると、やはり昨日の黒の鉤爪とのトラブルに言及するコメントが多い。

〝佐々木竜司のウィッキーペディアクソほど荒らされててわろたwww〟

〝お前ら少しは手加減してやれよwww　黒の鉤爪のアカウント凍結されてるやんけwww〟

俺の視聴者の黒の鉤爪を煽るようなコメントもあれば……

〝あの……黒の鉤爪のサポーターです……神木拓也さん。あなたの視聴者が黒の鉤爪に対してネット上で攻撃を行《おこな》っています。やめさせてもらえませんか？〟

〝黒の鉤爪のファンです……昨日のことは黒の鉤爪側が悪いと思いますが、あなたの視聴者による攻撃は度がすぎていると思います……お願いですのでやめさせてください〟

おそらく黒の鉤爪の支援者と思われる人たちのコメントも散見される。

「そろそろいいかな……」

適当にコメントを拾いながら時間を潰し、五分が経って十分に人が集まってきたのを確認してから、俺は祐介に言われた通り昨日の事件について自分の考えを表明する。

「あのー……今日の配信を始めていくにあたって、まず最初に言っておきたいことがあるんですけど……」

〝なんだよ?〟
〝んー？　あにー？、、〟
〝なんすか大将ー？〟
〝黒の鉤爪との全面戦争？〟
〝あーあ、これは多分……お前らが暴れすぎたから……〟

「昨日の黒の鉤爪とのトラブルについてです。ここではっきり言っておきますけど……俺は昨日のことは全然気にしてないし、これ以上問題にするつもりもありません」

すでに4万人を超えた視聴者の前で、俺ははっきりと自分の意見を表明する。

「中には昨日のことで被害届を出したほうがいいとか、強く対処したほうがいいという意見もあるようですが、そのつもりはありません……これ以上黒の鉤爪に対してこちらから何かアクションを起こそうとは思っていません」

SNSで俺の最新のツイートに、裁判を起こしたほうがいいとか被害届出したほうがいいとか、そんなことまで言いだす過激派の意見がめっちゃ集まっていたからな。

本当かどうかわからないが、弁護士をしているので裁判するのなら力になる、という者までいた。

俺をサポートしてくれるのはありがたいのだが、しかし俺はこれ以上この問題を大事《おおごと》にはしたくなかった。

「なのでこれ以上黒の鉤爪に対する攻撃はやめてほしいです。向こうのアカウントを荒らしたりホームページを荒らしたりしている人がいるという情報をもらってます。どうかそういうことはやめてください」


〝あーあ、お前ら言われてら〟

〝やりすぎなんだよ。加減考えろ〟

〝大将に迷惑かけんな〟

〝神木拓也の名を借りてなんでもしていいわけじゃないぞ〟

〝言わんこっちゃない〟

〝これ、暴走した連中が言わせてんだぞ、反省しろよ〟

〝お祭り感覚で騒ぎすぎ〟

「もし誹謗中傷などを俺の視聴者が行《おこな》ったとして、仮に黒の鉤爪が法的手段を取ったとしても俺は庇うことができません。なのでやめてください。本当にお願いします」

〝了解〟

〝神木さんがそう言うなら……〟

〝お前がそう言うならわかった〟

〝すまねぇ……やりすぎた……〟

〝了解っす〟

〝流石に暴れすぎた。反省……〟

〝大将がそう言うなら……〟

俺が頭を下げてお願いすると、真剣な気持ちが伝わったのか、コメント欄が荒らしを認めて謝罪するコメントで溢れ返る。

最近凶暴化しつつあって心配になる俺の視聴者たちなんだけど……不思議なことに俺が言うことにはしっかり従ってくれるんだよな。

これで多分、黒の鉤爪に対する攻撃は納まると思う。

「俺はもう黒の鉤爪に対してはなんの恨みも持っていないので……本当に荒らし行為や誹謗中傷などはやめてくださいね……？　もし荒らしがやまない場合は……」

ここまででも充分だと思うが、一応俺は予防線を張るために、伝家の宝刀を抜いておくことにする。

「配信頻度が減るかもしれません。そこのところはご了承を」


〝いやだぁあああああああああああ〟

〝やめろぉおおおおおおおおお〟

〝それは困る〟

〝それはやめて；；〟

〝どうしてそういうこと言うの；；〟

〝もうお前以外のダンジョン配信者見てもつまらない体にされちゃってるよ；；〟

〝もう荒らさないから許して；；〟

〝お前の配信が生き甲斐《がい》なんだ毎日配信やめないで；；〟

〝もう絶対に荒らさないです。配信頻度減らさないで；；〟


俺が配信を盾に取った瞬間に、一気にしおらしくなるコメント欄。

最近ありがたいことに、俺の配信を生き甲斐にしてくれている視聴者も多い。

そんな彼らに対して、配信頻度を減らす……つまり毎日配信をやめるぞという脅《おど》しはそれなりに有効だろう。

……おそらくこれで黒の鉤爪に対する攻撃はやむはずだ。

これで俺にできることは全部やった。

「黒の鉤爪に対する荒らし行為がやめば、明日以降も毎日配信を続けるのでよろしくお願いします。それじゃあ……今日も雑談配信始めていきたいと思います」

ふぅ、と俺はため息を吐いた。

言うべきことを言って肩の荷が降りた気分だ。

これで少なくとも俺の視聴者による荒らし行為は終わるはずだ。

とりあえず今日の配信の最大の目的はこれでクリアしたことになる。

ここからはいつも通り、前日のダンジョン配信を振り返りつつ、コメントを読んでいったりしていくとしよう。

〝1万円　／　お、なんか金投げれるようになっとるやん。いつも配信ありがとうやで〜。感謝のスパチャです〟

「は……？」

気のせいだろうか。

コメント欄を赤い何かが通り過ぎていったような気がした。


〝ファッ⁉〟

〝赤スパ⁉〟

〝スパチャや‼〟

〝収益化通ったの⁉〟

〝あ、金投げれるようになってる……！〟


「ま、まさか……⁉」

急いで俺はコメント欄を遡《さかのぼ》り……投げ銭《なせん》の代金とともに赤く強調表示されたコメント……いわゆるスーパーチャットをしっかりとこの目で確認してしまう。

「な、なんで……も、もしかして収益化通ったの⁉　配信中に⁉」

二週間以上も前に出した収益化申請。

なかなか通らないなと思ったら、まさかのこのタイミング……配信中に通ってしまったようだ。

今日配信をつけるときはまだスパチャは解放されていなかった。

つまり配信中にこのチャンネルが収益化されたとしか思えない。

もしくは、反映に若干ラグがあったパターンか。

って、いやいや、今はそんなことどうでもいい。

「ス、スーパーチャットありがとうございます！　い、1万円も投げてくださって大丈夫ですか!?」

初めてのスパチャが1万円って……マジかよ!?

こんな幸せなことがあっていいのか!?

俺が投げ銭をしてくれた視聴者に感謝をしていると……

〝5万円　／　ほい、あげるやでー〟
〝3万円　／　いつも配信ありがとぉｨｰ〟
〝2万円　／　機材代の足しにして〟
〝5000円　／　昨日の神回代〟
〝4万円　／　いつも配信ありがとー;;　もう荒らさないから配信頻度減らさないで;;〟

「うぇえええええ！？！？」

画面が赤で埋め尽くされた。

五万円。

三万円。

二万円。

五千円。

四万円。

信じられないような大金とともに投下される赤スパコメント。

堰《せき》を切ったようにコメント欄をスパチャが占有し、もはや普通のコメントを探すほうが難しいような状態に。

「ちょちょちょちょ!?　や、やめてください!?　な、なんでこんなに投げるんですか!?」

突然転がり込んできた大金に変な声を出してしまう俺。

こ、これは……！

あの伝説の……赤スパラッシュ……!?

一部の超人気配信者の配信でたまにしか見られないあの光景が……まさか俺の配信で!?

〝3万円　／　こういうときに投げるなは逆効果だぞ〟
〝4万円　／　乗るしかない。このビックウェーブに〟
〝5万円　／　神木さん。それ、逆効果っすよ？〟
〝1万円　／　これからも楽しい配信よろしくねー、、〟
〝4万円　／　何度見ても面白いんだよな。配信者が初めて赤スパラッシュを味わうときの反応が〟
〝5万円　／　今一番金払う価値のある配信だと思っているので投げます〟

「うぉお……こ、これどうしたら……あ、あの……本当にありがとうございますぅ……マジで財布に無理ないようにお願いしますぅ……」

スパチャラッシュが始まったときにやめてくださいと言ったら逆効果なのを忘れてたぁ……

俺はどうしていいかわからずに、感謝するとともに、気づけば地面に額を擦りつけて土下座の体勢になっていた……

人間って感謝の念が極まりすぎると自然と土下座するんやな……

〝2万円 ／ 顔上げてやー〟

〝3万円 ／ いつも配信楽しませてもらってます。これで美味しい物でも食べてください。〟

〝1万円 ／ 顔上げてください。ここ二週間ですっかり神木拓也のダンジョン配信にハマってもう抜け出せません。これからもよろしく〟

〝5万円 ／ 機材に足しにしてやー〟

「うぉう……おぉう……も、もう大丈夫ですから……十分ですから……止まってぇ……」

土下座をして顔を上げても目に入るのはやはりスパチャで埋め尽くされたコメント欄。その結果、土下座の体勢に戻ってしまうという無限ループ。

マジでどうしたらいいんやこれ……

「はっ……そうだ……こういうときは……逆手に取って……」

もういいです投げないでください。

そう言うと、天邪鬼な視聴者がスパチャをしてしまうので、逆に横柄《おうへい》な態度を取ればいいのでは。

ムカつく態度を取れば、視聴者もお金を投げなくなるかもしれない。

「そ、そうだ……！　もっとだ!!　もっと投げろ……！」

俺は腰に手を当てて、コメント欄を指差しながら言った。

「俺にもっと金をよこせ……！　まだ足りないぞ……！　これからも配信を見たくば、もっと金をよこすんだ……！！！」

さ、流石にこんな最低なことを言う配信者に金を投げる視聴者なんていないよね？

〝4万円／はいっ！！！（＾＞＾）ゞ〟

〝5万円／了解です大将（＾＞＾）ゞ〟

〝1万円／これどうぞ（＾＞＾）ゞ〟

〝5万円／これでもまだ足りませんか……？〟

〝3万円／アプリに課金しようと思ってたけど大将がそう言うなら投げるおー、、〟

〝5万円／今月の上納金です!!　お納めください！！！〟

「あるぇ……？　どうしてぇ……？」

配信者として最低ムーブをかましたはずなのに、スパチャはむしろ止まるどころかますます勢いを増した。

……もうどうすればいいんや。

俺は額を地面に擦りつけながら、頭を抱えるのだった。


それから約二十分ぐらいにわたってスパチャは飛び続け、俺はその間中ほとんど額を地面に擦りつけていた。

「はぁ、はぁ……も、もう大丈夫……ですか……？」

しばらく時間が経ち、流石にスパチャもまばらになってきた。

ようやく普通のコメントを読めるような状態になってきた。


〝めっちゃ投げ銭飛んだwww〟

〝やばいな。ここまでの赤スパラッシュ久々に見たわ。総額いくら飛んだ……？〟

〝確実に100万円は飛んでた。マジで神木人気半端ないな〟

〝いやいや100万どころじゃないだろ。わんちゃん1000万ぐらいいってなかったか……？〟

〝すげー……神木人気半端ないな……〟

〝同接8万人www　雑談でこの数字はwww〟

〝よかったな神木〟

〝神木めっちゃ愛されてるやん……〟

「皆さん……本当に……本当にありがとうございますぅ……」

もうどうお礼をしていいかわからない。

今から脱いで裸踊りでもしたほうがいいだろうか。

てか、総額いくら飛んだ……？

あとで確認するのがめちゃくちゃ怖いんだが。

あと同接８万人ありがとうございます。

ダンジョン配信者なのに雑談でこの数字はめっちゃ嬉しいです……

「こ、このお金ですぐに機材揃えます……これから皆さんによりよい配信を提供できるように頑張りますぅ……」

マジで真っ先に機材買おう。

このお金はまず最初に配信に還元しよう。

……それが配信者の俺にできる精一杯の恩返しだ。

もうスマホ片手の画質の悪い手ブレ配信は卒業するんだ……

〝5万円　／　昨日は息子の命を助けてくれて本当にありがとうございました。感謝しております〟

「えええええ⁉　これっ……も、もしかして昨日の……⁉　じょ、上限での赤スパありがとうございますぅ……」

配信機材購入を決意したタイミングで当たり前のようにコメント欄を通過していった上限金額の赤スパ。

そのコメントを読み上げようとした俺は、思わず驚きの声を上げてしまう。

〝昨日は息子の命を助けてくれて本当にありがとうございます〟。添えられた文章は確かにそんなものだった。

昨日命を救ったといったら一つしかない。

「も、もしかして昨日の三人のうちの誰かの親御さん……？　でしょうか……」

〝5万円　／　巨大蛇のお腹から助け出していただいた者の親でございます。本当にありがとうございました。あなたは息子の命の恩人です〟

〝まさかの親降臨www〟
〝昨日のあいつの親かよwww〟
〝親降臨したったwww〟
〝二連続上限スパチャwww〟

「あっ……そうなんですね……ダンジョンスネークに食べられた方の親御さん……って、ま、また上限スパチャ!?　だ、大丈夫ですから!!　上限スパちゃで返事しなくても大丈夫ですから……！」

まずい。

なんか俺が要求したみたいになってる。

「ええと、こういうときは……」

特定のアカウントのコメントをピックアップできる方法があったはず……

ええと、どうやるんだっけ……？

〝5万円　／　息子には強く言い聞かせましたので。もう二度とあのような無謀《むぼう》な探索はさせません。重ね重ね息子の命を救っていただいてありがとうございます〟

「のぉおおおおおおお！？！？」

三連続上限スパチャをもらってしまった!?

まずいまずいまずい。

マジで俺が要求したみたいになってるから。

「ス、スパチャで返事しなくて本当に大丈夫です!!　え、えっと……今あなたのアカウントを……ピックアップする方法を……探して……ど、どれだろう……」

〝5万円　／　これぐらい息子の命に比べたら軽いものです。バカ息子が本当にご迷惑をおかけしました。一度あなたに直接会ってお礼がしたいのですが……ご迷惑でしょうか？〟

「ぐぉお……も、もうやめてください……」

四連続の上限スパチャ。

に、20万円もの大金を使わせてしまっている。

……も、元はといえば、昨日の三人がダンジョンに潜ったのは俺の配信を見たからなのに……

〝すげぇwww　四連続上限スパチャwww〟

〝たった三十秒も経たないうちに俺の月収稼いでるやん神木www』

〝これだけ投げるってことはガチで昨日の高校生の親なんやろな〟

〝これは富豪の予感……〟

〝神木。お前もしかしてとんでもない富豪に恩を売れたんじゃ……？〟

「あ、あった……！　これだ……！　これであなたのコメントをスパチャなくても読むことができます……！」

なんとか親御さんのアカウントを固定することに成功した俺。

これで向こうがスパチャしなくてもコメントを読むことができる。

〝5万円　／　バカ息子はしばらく家で謹慎《きんしん》させることにしました。ダンジョンには少なくとも成人するまでは二度と潜らせませんので〟

「ちょ、固定した意味が⁉」

五連続の上限スパチャ。

なに俺石油王の息子でも救っちゃったの⁉

「ふ、普通にコメントしてくれて大丈夫ですから……‼　もうあなたのコメント普通に読めますから……‼」

〝5万円　／　ご安心を。罰《ばつ》として当分息子にはお小遣《こづか》いをあげないつもりなので。それで浮いたお金と思っていただければ〟

「ぐはぁあっ⁉」

ろ、六連続上限スパチャ……

「も、もうやめてください……息子さんにはちゃんとお小遣い渡してあげてください……」

〝5万円　／　了解です。あなたがそう言うのならそのようにします〟

「ひぎぃ!?　も、もうやめてください……もうたくさんですっ……」

〝5万円　／　まだまだありますよ?〟

「俺に何か恨みがあるんですかぁ!?」
気づけば俺はまた床に頭を擦りつける羽目《はめ》になっていた。

その後——
〝5万円　／　石油王降臨記念〟とか、〝5万円　／　この配信って上限以外投げられないルールあります?〟などといった悪ノリスパチャをする人たちも現れ、再び赤スパラッシュ(上限)が始まって、俺はしばらく土下座状態のまま顔を上げることができないでいるのだった。

第9話

〝5万円　／　あまり長居して配信の邪魔になってもいけないので、そろそろお暇《いとま》させてもらいます。重ね重ね、このたびは息子の命を救っていただき本当にありがとうございます。最後にこれ、

〝お納めくださいぃ〟

「こ、こちらこそありがとうございますぅ……ほ、本当にこんな大金をすみませぇん……」

そう言った俺は、本日何度目かわからない土下座を敢行した。

スパチャで真っ赤に染まった画面を見るたびに土下座をしていたせいで、額がすっかり赤くなってしまっている。

〝すげぇ、マジでいくら飛んだ？　www〟

〝確実に一人で100万以上は投げてたwww〟

〝息子の恩人とはいえ流石に投げすぎやろwww〟

〝マジで何してる人なんだろうなー？〟

スパチャしなくてもコメントを読めるようにとせっかく固定したのにもかかわらず、昨日俺が助けた高校生の親御さんを名乗るアカウントは、上限金額でのスパチャを繰り返した。

そして最後には、当然のように上限スパチャで退室宣言をしたあとに、いなくなった。

……マジでこの人一人で100万円以上は投げている。

冗談抜きで、俺、石油王か大企業の会長の息子でも助けたの？

なんかいきなりとんでもない額の大金が転がり込んできて、全身に変な汗かいてるんですが。

〝よかったな神木。これで機材買えるやん〟

〝これだけ飛べば確実に配信機材一式、上等なのが揃うな〟

〝配信機材どころか、ダンジョン探索の装備揃うわ www〟

〝配信始まって確実に500万円以上飛んでる www　これだけあれば、深層探索者専用の武器とか防具とか、一級品を揃えられるぞ www〟

〝すごい神木さん……社畜俺の一年間の給与をたった一度の配信で……〟

「み、皆さん本当にありがとうございますぅ……」

おそらく庭先から石油か希少鉱物を発掘なされた親御さんに加えて、他の視聴者が便乗で飛ばしたスパチャも合わせると、俺はここ数分で総額数百万円という大金を稼いでしまっている。

……マジで大金すぎて実感がない。

ここまで来ると、嬉しいというよりもなんだか怖いという感情が勝ってしまう。

俺、明日あたりに刺されて死んだりしないよね？

〝神木お前、『分給100万円男』とかいうワードでトレンド入りしてるぞw〟

〝分給100万円男 www〟

〝すげぇ……www　あながち間違いでもねぇ www〟

〝ヨーロッパリーグで活躍した一流の有名イケメンサッカー選手が、余生を中東の弱小リーグで石油王に飼われながら過ごすときにもらえるお給料ぐらいの勢いで稼いでて草〟

〝トレンドから来ました。『分給１００万円男』の配信が見られるのはここですか？〟


「ト、トレンド入り……？　マジですか、本当にありがとうございます……」

どうやら先ほどの親御さんが投げ銭しまくったせいで、トレンド入りしてしまったらしい。

確認してみると『分給１００万円男』というワードで、俺関連の呟きが投稿されまくっていた。

あちこちに俺の配信のリンクが貼られまくり、それを踏んでやってきたのであろう野次馬が大量に配信に流れ込んでくる。


〝同接10万人超えた……！〟

〝雑談で10万人すげぇｗ〟


同接もあっという間に伸びて10万人に到達。

雑談配信ではもちろん未達の同接であり、普通に快挙だ。


〝トレンドから来た〟

〝スパチャラッシュもう終わりました？〟

〝スパチャラッシュ見逃したかー〟

〝すげぇ!!　アーカイブ遡《さかのぼ》ったらコメント欄真っ赤っかになるwww〟

〝本当だwww　配信巻き戻したらコメ欄真っ赤やwww　こんなの見たことねぇwww〟

〝雑談で10万人ってすごいな。こんな数字、カロ藤のところぐらいでしか見たことねぇよ〟

「み、皆さん見に来てくれてありがとうございます……よ、よかったらチャンネル登録よろしくお願います……」

新規で見に来てくれた方々に向けてさりげなくそう宣伝した矢先……

〝5000円　／　この間は嘘つき呼ばわりしてすみませんでした。ご無礼《ぶれい》をお許しください〟

「え……？　嘘つき呼ばわり……？」

スパチャで気になるコメントが投下された。

どっかで見覚えのあるアカウント名。

嘘つき呼ばわりってどういうことだろう？

〝ん？〟

〝どした？〟

〝どのコメ読んだの？〟

〝5000円のスパちゃのやつやな〟

〝嘘つき呼ばわりしてすみませんって、どういうこと？　なんかあったの？〟

〝勝手に拾われてもいないコメントについて謝ってるだけじゃね？〟

〝何言ってんだこいつ〟


視聴者も俺も困惑する中、同じアカウントからさらにスパチャでコメントが投下される。

〝1000円　／　覚えてないかもしれませんが、神木さんが人気になる前に、一度神木さんの配信に訪れた者です。確か配信タイトルは、『高校生探索者が下層を攻略』だったと思います。高校生に下層が攻略できるはずないだろと思って嘘つき呼ばわりしてしまいました〟

「ああああああ！！！　あのときの！！！」

そう言われて俺の脳裏に記憶が蘇《よみがえ》ってきた。

この人、俺がバズる前に一度配信に来た人だ。

確か、桐谷を助ける直前、俺が下層で配信していたときに来てくれた。

あのときは同接が5人でめちゃくちゃはしゃいでたんだっけ……

バズる前の俺は同接0が当たり前で、その日は5人も来てくれたもんだから、なんとか1人でも固定視聴者にしようと張りきってダンジョン攻略配信をしていた。

そしたら、高校生に下層を攻略できるはずないだろ年齢詐称だって言っきて、言い合いになったんだっけ。

そのせいで他の視聴者が逃げてしまい、俺は落ち込んで配信を閉じたんだった。

……そしてその直後に、俺はイレギュラーに見舞われた桐谷を助けた。

この人……！　あのときに俺を年齢詐称扱いした人か……!!

「お、思い出しました……！　あなたはあのときの5人のうちの一人の……！」

〝500円　／　ここ二週間ばかり、ずっと神木さんの放送に齧《かじ》りついております^^;　あのときは嘘つき呼ばわりしてすみませんでした。神木さんが本当に高校生だとは思わなかったんです。ごめんなさい〟

「ぜ、全然いいですよ!!」

俺は慌てて首を横に振った。

「気にしてません……！　むしろ俺をまだ見てくれててありがとうございます……！」

確かにあのときはちょっと不快になったけど。

でもあのときの俺にとって、どんなコメントでもしてくれるだけで正直ありがたかったし、しかもこうして配信に謝りにまで来てくれた。

配信も見てくれているようだし、普通にありがたい視聴者だ。


〝え、なになに？〟

〝ついていけないんだけど？〟

〝二人だけの世界に入らないでー？〟

〝説明求む〟

〝どゆこと……？　文脈が掴めないの、俺が頭悪いから？〟


「あ、す、すみません……つい……」

ちょっと感慨深くなってついつい配信そっちのけで一人とだけ会話してしまった。

俺は慌てて視聴者に、そのときにあったことを説明する。

「だいたいこんなことがありまして……」


〝なるほどｗ〟

〝うーん、嘘つき呼ばわりはよくないけど、気持ちわかるなぁｗ〟

〝めっちゃわかる。俺でもいまだに神木が高校生だって信じられないもんｗ〟

〝えー、これは無罪でｗ〟

〝初めて神木を見た人間の、ある意味当たり前の反応と言えるよなぁｗ〟

俺が事情を説明すると、なぜか視聴者は責めるのではなく、同情したり共感したりしていた。

なんかわからないが、画面の向こう側で大勢の視聴者が苦笑している姿が目に浮かぶようだ。

〝1000円 ／ あのときは本当にすみませんでした。ここ二週間ですっかり神木さんの配信のファンになりました。応援してます、頑張ってください〟

「あ、はい……！　頑張ります……！　スパチャありがとうございます！」

わざわざ投げ銭してまで非を認めて謝罪しに来てくれた律儀な方に、俺はお礼を言う。


〝謝れるの偉い〟

〝ネット民なのに非を認められるのすごいぞ‼〟

〝普通にいい奴やんｗ〟

〝つか、バズる前の神木見てたってすごいな……ｗ　神木って確かこうなる前は登録者二桁とかでやってたんやろ？〟

〝まさか神木古参《こさん》勢登場ｗｗｗ〟

〝原初の神木視聴者ｗｗｗ〟

「これからも頑張るので応援よろしくお願いします」

バズる前の俺を見たことのある視聴者の登場に沸き立つコメント欄。

その後、その人は毎日のように俺の配信に現れては決まって500円のスーパーチャットを投げてくれる常連になってくれた。

そして俺の視聴者の間で、原初の神木視聴者、神木古参勢、嘘松《うそまつ》ニキなどと呼ばれて親しまれることになったのだった。

＃＃＃

その後。

バズる前の俺を知っている視聴者が配信に現れるという嬉しいサプライズもあったあと、俺は視聴者のコメントを拾いながら雑談配信を続けていた。

分給100万円男としてトレンド入りして拡散されているせいか、同接はじわじわ伸びていき、11万人を突破。

ダンジョン探索者であるにもかかわらず、雑談配信でこれだけの同接を達成できたのは普通に嬉しい。

（そろそろ『あれ』をやる頃合いか）

これだけの視聴者が集まってくれているわけだし、そろそろ何か面白いことをやりたい。

そう思った俺は、あらかじめやると決めていた『あれ』を実行することにした。

「ええと……それじゃあ、雑談は一旦このぐらいにして、これから、『あれ』を紹介していこうと思います」

コメントを拾い上げるのをやめて、俺は11万人の視聴者の前でそう宣言する。


〝お、なんだなんだ？〟

〝紹介？　何を？〟

〝新しい流れきちゃ〟

〝何するん？〟

〝すでにかなり満足感あるのにまだ新しい展開あるんすか〟

〝あにー？〟


「ええとですね……あれというのは……これです。見えますかね？」

俺はちょっとパソコンを動かして自分の背後に隠れていたものを映す。


〝何それ〟

〝あ……〟

〝まさか……？〟

〝何それ?〟

〝ダンボール?〟

〝なんの箱……?〟

〝あっ(察し)〟


コメント欄がざわつく中、俺は自分の背後に山のように積み上がった段ボール箱の正体を明かす。

「これ、全部視聴者からの贈りものです」


〝おお!!〟

〝お届けもの、開封か!!〟

〝それか!!〟

〝すげー、めっちゃ送られて来てるやんw〟

〝何が入ってるんや? ワクワクや〟

〝開封配信か。神木のところでは初めてやね〟

〝欲しいものリストのやつが送られてきたの?〟


そう。

そこに積み上がっているのは、おそらく視聴者から送られてきたのであろうお届けもの。

一体何が入っているのかわからない段ボール箱が、いつからか、一日に三つぐらいのペースで送られてくるようになったのだ。

最初の贈りものが来たときに、俺はこれは配信のネタで使えると思ってとっておいたのだ。

それを今、ここで視聴者の前で開封しようと、要はそういうことなのである。

「断っておくと……これ、例の大手通販サイトの欲しいものリストに入れていたものとか、そういうのじゃありません……勝手に送られてきました」

ただ、問題がある。


〝あ〟

〝勝手にかよwww〟

〝勝手に送られて来たのかwww〟

〝ということはつまり……〟


開封の前に、これだけははっきりさせておかなくてはならない。

「あのー……これを開封する前に一つ皆さんに聞いておきたいんですけど……」


〝www〟

〝んー？　なんすかー？（すっとぼけ）〟

〝あんだよ笑〟

〝同情するわｗ〟


「ひょっとして俺の住所……晒されてます？」


〝はい〟

〝うん〟

〝これだろ？〟

〝その辺に落ちてたおー、、〟

〝検索したら出てきましたすまんｗｗｗ〟


「のぉおおおおおおおお!?　やっぱり!?」

いやね。覚えのない荷物があとからあとから送られてくるから、もしかしてと思ったけど。やっぱりそうなのか。

どうやら俺の住所……ネットに晒されてしまってるっぽい。


〝これやろ？〟

〝検索したらすぐ出てきたぞｗ〟

〝俺でも知ってるぞ？　これでしょ？〟

〝もう完全に広まってるぞ〟


「ぐぉお……お、お願いします俺の住所書かないで……」

コメント欄に書かれまくる俺の住所。

犯人が一体誰なのかは知らないが。……どうやら俺の住所はすでに完全にバレてしまっているらしい。

俺は呻き声を上げて頭を抱える。

「一体どこから……」

学校の奴らの誰かだろうか。それとも、別の人間が俺を尾行したりして特定したのだろうか。

ＳＮＳには特定できるような情報は載せてないはずだが……

わからん。

一体どうやってネットに俺の住所が公開されてしまったんだ……？

〝ご愁傷《しゅうしょう》様です w〟
〝語録とか住所公開とかw　着実にネットのおもちゃとしての道を歩んでいってるな、神木w〟
〝誰が特定したんだろうな？〟
〝諦めろ。人気者は遅かれ早かれそうなる運命だ〟

〝有名配信者が一度は通る道をお前も通過したと思うと感慨深いよ〟

「い、嫌だ……おもちゃになりたくない……」

どうしてこうなった。

俺は真面目系の本格攻略派ダンジョン配信者として売り出したかったのに。

語録とか炎上とか住所特定とか。

だんだんとネタ枠みたいな感じになりつつあるのはなぜなんだ。

「お、お願いですから……リア凸《とつ》とかやめてくださいね？」

〝行く奴いそうｗ〟

〝絶対リア凸する奴出てくるぞ〟

〝正直お前に会いたい気持ちは俺にもある。まぁリア凸まではしないが〟

〝神木くんに会いたいです。家に行ってもいいですか？〟

〝お前らマジでリア凸はやめてやれよｗ〟

〝放っておくとイタズラとかされるぞ。気をつけろ〟

リア凸。

視聴者が配信者にリアルで突撃する行為のことを言う。

過去には、住所を特定された配信者が、視聴者に暴力を振るわれたり、家に落書きをされたなんて事件もあった。

今住んでいる住所が俺の一人暮らしだったらまだいい。

けどここには家族も住んでいる。

すぐに引っ越しというわけにはいかないし、ここはガツンと言っておく必要があるだろうな。

「リア凸してきたり家にイタズラしたりする人には容赦しません。家族とかも住んでるので、本当にやめてください。その……もしそうなった場合は法的手段も検討するかもです」

あんまりすぐに法的手段とかちらつかせる配信者は個人的には好きではないのだが。しかし、俺の配信で家族に迷惑がかかるというのは絶対に避けなければならない。そこだけは譲れない一線だ。

だから、あらかじめこう宣言しておいてリア凸してこようとする節度のない視聴者は牽制《けんせい》しておいたほうがいいだろう。

〝オーケーオーケーｗ〟

〝しないってｗｗ〟

〝流石にな〟

〝それでいい。家族をまずは一番に考えてくれ〟

〝お前ら大将がこう言ってるんだから絶対にリア凸とかやめとけよ？〟

「もし家族に迷惑がかかるようなら……俺は配信をやめないといけないかもしれないんで……本当によろしくお願いします」

〝それはやめて;;〟

〝わかったよ、絶対にリア凸しない〟

〝マジでリア凸しないから配信やめないで;;〟

〝なんでそんな怖いこと言うの;;〟

〝これでリア凸して神木が配信やめたら、そいつわんちゃん凸者に○されるだろ〟

〝お前らまじでリア凸すんなよ?〟

〝お前が配信やめたら難民がいっぱい出ちまうよ;;〟

ここまで言っておけば、少なくとも俺のファンでリア凸してくる人はいなくなるだろう。

もしかしたらアンチが凸してくるかもしれないが、そのときは宣言通り、法的に対処するつもりだ。そうでもしないと家族を守れないだろうからな。

……配信は楽しいしやめたくないけど、家族の日常生活に支障《ししょう》をきたすなら続けることはできなくなる。

だから住所がバレてしまった以上、こう言って釘を刺しておくことはとても重要なのだ。

「それじゃあ……送られてきた荷物を開封していきたいと思います。送ってくれた方、ありがとうございます」

住所がバレたのは正直ショックだったが、まぁこの際それは許容しよう。

とりあえず今は配信を盛り上げるために、この視聴者から送られてきた謎の荷物を開封していこうじゃないか。


〝何が入ってるんや？〟

〝もしかして気を利かせてくれた視聴者が配信機材送ってくれたり？〟

〝食料とかか？〟

〝ダンジョン探索で使うものとか、入ってそうだよな〟


「まずはこの小さな箱を開けてみたいと思います」

満を持して開封作業に着手した俺は手始めに、手近にあった比較的小さいサイズのダンボールを開ける。

中身を予想する視聴者のコメントをチラ見しつつ、ハサミでガムテープを切り、段ボールの中に入っていた手頃なサイズの箱を取り出した。

側面に、裸の美少女のイラストが描かれているのが目に入った。

「ファッ⁉」

俺は慌てて、裸のイラストを手で隠した。

なんだこれ⁉

なんでこんな卑猥《ひわい》なイラストが……？

〝あっ〟

〝あ〟

〝これは……w〟

〝えっろ〟

〝えっど〟


一瞬画面に映ってしまった美少女の裸のイラストを見て何かを察したようなコメントが流れる中、俺は同封されていた手紙のようなものを読む。

「えー、なになに……？　『いつもダンジョン配信お疲れ様です神木さん。毎日お疲れだと思うので、これで息ヌきしてくださいね』……って、ま、まさか……」

俺は卑猥なイラストの箱を画面に映らないようにしながら開けて、中身を確認する。

「……」

〝どのタイプ？〟

〝〇〇〇か？　有名どころだと〟

〝〇〇〇じゃないな。おそらく～～～か、××××とかじゃないか？〟

コメント欄に、おそらく『その手のグッズ』に詳しい紳士どものコメントが流れる。

まさかのっけからこんなものが送られてくるとは思わなくて、俺はしばらくの間フリーズしてしまった。

「…………」

〝使うのか？〟

「使わねぇよ！！！」

思わずコメントにツッコんでしまった。

〝いや使わねぇのかよ。もったいないから使えよ〟

〝特定した。これやね〟

〝それ前まで使ってたけどなかなかいいぞ〟

〝使ってやれよｗ〟

〝よかったなｗ〟

「使わないですよ……！　はぁ……なんてもの送ってくれてるんですか……」

俺はため息を吐いて、性欲処理のための紳士グッズを箱の中にしまった。


〝家族で見てたのにどうしてくれるんですか？〟

〝家族で見てます。今、空気凍《こお》ってます〟


「か、家族で見てる方本当にすみません……」

そりゃ空気凍るわ。

マジで何してくれてんだ送り主。


〝www〟

〝家族で見てる奴、終わっただろwww〟

〝家族視聴勢は運悪すぎやw〟


「つ、次を開封します……」

急いで空気を変えようと、俺は次の箱に取りかかる。

薄い段ボールの中に入っていたのは、かなり軽い封筒だった。

「何これ……？」

俺は封を切って中身を取り出す。

「は……？　パンツ……？」

中に入っていたのはピンク色のパンツだった。

〝パンツwww〟

〝パンティーwww〟

〝女ものやんwww〟

〝なんで男の神木に女もの？w〟

どう見ても女もののピンク色のパンティー。

俺はまたまた同封されていた手紙のようなものを読み上げる。

「『神木様大好き……好き好き。いつも配信見てます。それ、私の使用済みパンティーです。お好きなようにお使いください』じゃねぇんだよ、ふざけんな!!」

自然と手紙をぶん投げていた。

〝使用済みパンツwww〟

〝ファーwww〟

〝やばい奴多すぎやろwww〟

〝まさかの女視聴者の使用済みパンツwww〟

〝エッロ〟

〝えっど〟

〝エッッッ〟


二連続でヤバいものが送られてきて、コメント欄が一気に沸き立つ。


〝家族で見てますってさっき言いましたよね？〟

〝隣で見ていた妻がそっと立ち去ったんですけど、どうしてくれるんですか？〟

〝なんだこのアダルティーな配信〟


「家族で見てる方、本当にすみませぇん……」

マジで二回連続でなんてもの送りつけてくれるんだ。

俺の視聴者、ヤバい奴しかいないのか……？

〝5万円　／　そのパンティー、いらないのであれば買い取らせてくれませんか？〟

「いや、売らないですから!!　スーパーチャットはありがとうございます!!」

上限スパチャでパンツを売ってくれという視聴者まで現れる始末。

なんだこの開封配信。

こ、こんなはずでは……

「つ、次はこっちを……」

俺はなんとか立て直して、三つ目の段ボール箱に着手する。

中から出てきたのは、アルバムのような冊子だった。

「なんだこれ……？」

同じミスは繰り返せない。

やばいものじゃないかどうか、確認してからじゃないと配信に映せないよ……

「うおいっ⁉」

そのアルバムのようなものを開いた瞬間、俺は思わずそれを投げ捨ててしまった。


〝え、なになに⁉〟

〝なんだったんだ⁉〟

〝見せてくれー〟

〝なんだったんすかー、見せてくれ大将～〟

「ななな、なんなんだよこれ⁉」

アルバムのような冊子には、誰のものともわからない女性の裸画像がたくさんプリントされていた。

頭おかしい。

誰だ、こんなもの送りつけやがった奴は。

「ん……？　これは……？」

投げ捨てた表紙に、挟まっていたメッセージメモのようなものが落ちた。

俺は拾い上げて読んでみる。

『この間送らせてもらった胸は見てもらえましたか？　神木さんにもっと私のこと知ってほしくて別の角度からも撮ったやつを送りました!!　捨てないでくれると嬉しいです!!　おかずにしてくれたりしたら超喜びます……!!　あと、神木さんの彼女に立候補したいです!!』

「いや、またお前かい!!」

こいつ、前にDMで自分の胸画像送ってきて、彼女立候補した頭おかしい女視聴者だ！

別の角度からの写真とかいらねーよ!?

俺の配信で晒されたらとか考えなかったのかよ。どうかしてるだろ!!

「はぁ……俺の視聴者こんなのばっかりなの……？」


〝どうした……？ w〟

〝マジで何があったw〟

〝また配信で映せないやばいものだったのかｗ〟

〝こんなんばっかってなんだよｗ〟

〝こんなんでごめんよ大将；；〟


「つ、次にいきます……」

開封配信、失敗だったのでは？

頼むから次はまともなのきてくれ。

俺はそう願いつつ、四つ目の段ボールの開封に着手する。

「ん？　これは……？」

四つ目にしてやっと配信に映せそうなまともなのが出てきた。

俺は説明書付きのそれを視聴者の前に晒す。

「こんなのが送られてきました……ええと、ダンジョン配信者専用の、撮影器具固定用具、だそうです」


〝おお……‼〟

〝配信機材や……！〟

〝これは使える‼〟

〝めっちゃいいやつやん‼〟

〝やっとまともなのきた‼〟

「説明書読みますね……」

俺は付いていた説明書に目を通す。

それによると、どうやらこのベルト付きの紐みたいなのは、配信用のカメラやスマホを体に固定できるものらしい。

付いていた手紙にはこんなことが書かれていた。

『神木さんへ。いつも配信楽しませてもらっています。神木さんが少しでも快適に配信できるようにこんなものを送らせてもらいました。スマホをこれで体に固定して、どうぞ両手を使って探索に挑んでください。配信機材そのものは高くて、手がつけられませんでした。すみません;;』

「いやいやとんでもない……！　本当にありがたいです……‼」

〝スマホの固定器具か‼〟

〝これは有能〟

〝使える〟

〝ぐう有能〟

〝これで両手の神木が見られるやん！〟

〝画面のブレもある程度これで改善されるやろ！〟

〝これはいい贈りもの〟

〝最初三つからのこの神アイテム〟


視聴者からも有能、最高といった言葉が飛び交う。

この固定器具は、次のダンジョン配信で早速使ってみるとしよう。

「本当にありがとうございます、早速次のダンジョン配信で使わせてもらいます」

俺は使える固定器具を送ってくれた視聴者に感謝し、開封配信を続けたのだった。

第10話

頭おかしい贈りものが入っていたのは最初の三つだけで、残りのダンボールには食料や飲料など、普通に嬉しいものが入れられていた。

全ての届けものの紹介を終えた俺は、ダンジョン配信者の俺の雑談配信に12万人も集まってきてくれた視聴者たちにお礼を言い、配信を閉じた。

そして配信を終えたあと、恐る恐る飛んだ投げ銭の総額を確認する。

この配信のスーパーチャット総額

３０１０万４３５０円

「……」

恐ろしい数字が見えて俺は一瞬フリーズする。

自分の見たものが信じられなくて、何度も何度も桁が間違っていない確認してしまった。

「さ、３０００万……」

目眩《めまい》がくらっときた。

土地ごと一戸建てでも買えそうな金額。

高校生の俺が、簡単に手にしていいような金額じゃない。

こんな大金がたった一回の配信で手に入ってしまったなんて、いまだに信じられない。

「えーっと……とりあえず風呂に入って……そのあと税金について調べるか……」

脱税なんてしたらお縄になってしまうような金額を得てしまった俺は、風呂に入って一旦落ち着いたあと、『未成年　確定申告　やり方』で検索することを決意するのだった。

＃　＃　＃

翌日は学校がなく、休日だった。

「トレンド入りしてる……」

自宅で昼食をとった俺は、家を出てダンジョンへと向かっていた。

歩きながら、SNSを確認する。

スパチャ３０００万円というワードがトレンド入りしており、確認してみるとやっぱり俺のことだった。

……どうやら有志が昨日俺の配信で飛んだスパチャの合計を計算したようだな。

もちろん俺は、サイトの規約もあってスパチャ総額は公開していないのだが、稼いだ額はもう完全に世間にバレてしまっていた。


〝一回の配信で３０００万円とかやばすぎだろｗ〟

〝いいなぁ……働いているのが馬鹿らしくなってくる……〟

〝神木すげぇな……まあ、ここ二週間はほとんどネットは神木一色だったからな。収益化された初日なら、まぁそれぐらい飛んでもおかしくない〟

〝一日で３０００万円か……景気いいなぁ。俺もダンジョン配信者になろうかな〟

〝一日でそんな大金が飛んだのって、カロ藤糸屯二の結婚式配信以来じゃなかったか？〟

〝カロ藤の結婚式配信ってスパチャどれぐらい飛んだんだっけ？〟

〝カロ藤の結婚式で飛んだ金額は億超えてたからそれには及ばないとしても、ただの雑談配信でそれだけ飛んだのやばすぎだろ〟

ネットには羨ましい、働くのが馬鹿らしいといった意見が溢れていた。

また、配信に少しでも興味ある者なら誰でも知っているような大手の配信者と俺を比べているような呟きも散見された。

テレビ芸能人にも名前を挙げられるような超有名配信者と並んで語られるのは正直嬉しいし、誇らしいが、まだまだおこがましいよなという気持ちもある。

……まぁなんにせよ、あれだけの大金をもらってしまったのだから恩に報《むく》いられるように、今まで以上に配信を頑張らないとな。


「さて、早速ダンジョン配信やっていきますか……」

ダンジョンに到着した俺は、スマホを取り出して早速配信を始めようとする。

「今日は固定器具もあるしな……」

昨日の開封配信で紹介した撮影器具を体に固定するための器具を、今日は持ってきている。

今日の配信ではこれを使ってスマホを体に固定して、初の両手を使ったダンジョン探索に挑むつもりである。

「ええと……アプリを開いて……配信設定画面を……」

配信用のアプリを開き、配信を開始しようとした俺は異変に気づく。

「ん？　あれ……？」

いつもと同じ手順で操作をしようとしたら、見たことのない謎の画面が表示された。

注意：あなたのアカウントは昨日の配信で規約違反に当たる行為を行《おこな》ったため、三日間の配信停止処分とします

「は……？」

ダンジョンに俺のそんな声が溶けていった。

＃＃＃

日本国内においては動画投稿サイトとしても配信サイトとしても一番の人気を誇る『つーべ』。

動画投稿者も、配信者も、日本人ならばほとんどがこのサイトを利用しており、神木が現在ダンジョン配信を行《おこな》っているサイトもこのつーべである。

しかし、海外では若干事情が異なる。

海外……特に英語圏においてはつーべは人気ナンバーワンの動画投稿サイトではあるのだが、一番の配信サイトではない。

英語圏において一番の配信サイトは『ついーち』。

日本の一歩外に出れば、大人気配信者というのはほとんどつーべではなく、ついーちで配信を行っているのである。

そんなつぃーちの日本法人、オフィスにて。

「な、なんだこいつは……⁉」

「配信たった三十分で同接8万人だと⁉」

「つぃーちにおける日本人最高同接記録を一瞬にして塗り替えたぞ‼　一体何者なんだ⁉」

外国より派遣されている外国人のつぃーち社員たちが、目の前のスクリーンに映し出された管理画面を見て驚いている。

画面に映されているのは、現在各国から配信中の人気配信者たちの配信の様子である。

これまで、英語圏をはじめとする各国と比べ、同接数が一桁少なく、小規模感が否めなかった日本の配信サーバーに突如として、大勢の視聴者を集める謎の新人が乱入してきたのだ。

一瞬にして日本サーバーにおける最高同接数を塗り替えたその新人は、これまでつぃーちのアカウントすら持っていなかったらしく、アカウント作成時刻は一時間前となっている。

つぃーち社員たちは、ｂｏｔでも使用して同接を多く見せているのではないかと、この突然出てきた新人を調べたが、どうやら不正行為は働いていないようであった。

「何者なんだこの日本人は⁉」

「この『ＫＡＭＩＫＩ』という日本人が誰なのかすぐに調べろ‼」

「まさか他の配信サイトから乗り込んできたのか？　それとも日本の芸能人か何かなのか？」

つぃーち社員は英語でそんな会話をしながら、この突然現れて三十分と経たないうちに同接8万人を叩き出した『ＫＡＭＩＫＩ』なるアカウントの人物が何者なのかをすぐに調べる。

「見つかったぞ……！　どうやらこいつは日本の有名なダンジョン配信者らしい！」

「つーべにアカウントを持っているらしく、登録者は２００万人を超えそうな勢いだ……！」

「なるほど！　つーべの人気配信者だったか……‼」

「それなら納得だ。どうやら不正行為は働いていないようだな」

「しかし、どうしてつーべからわざわざついーちへ？　日本では我々のサイトよりもつーべで配信を行うのが一般的と聞くが？」

「さあ、わからない。その辺も調べる必要がありそうだな」

「どうにかしてこのままうちのついーちで配信を続けさせられないだろうか……」

「もし彼がつーべから完全についーちに移行してくれたら、日本の配信サイト勢力図を一気に塗り替えることができるかもしれないぞ……！」

「今突然我々のついーちにやってきたのには理由があるはずだ。それを今すぐに調べるんだ……！」

ついーちの社員たちは突然乱入してきたこの日本人配信者・神木拓也についてネットを駆使して情報を集めた。

そしてその果てに、神木拓也が現在、規約違反で数日の配信停止措置をつーべからくらっている事実を突き止めた。

「どうやらこの神木拓也というダンジョン配信者、現在つーべのアカウントが停止になっているらしいぞ……！」

「何⁉　一体何をやらかしたんだ⁉」

「それは我々にとって朗報じゃないか……！　つーべを追い出されてこっちにやってきたということだろう？」

「いや、アカウント自体はまだある。垢ＢＡＮではなく配信停止措置《そち》をくらったようだ。おそらく数日間の……」

「くっ……数日間か……なら配信停止措置が取り除かれたらまたつーべに戻っていくだろうな」

「なんとかして彼を我々のつぃーちに留めておくことはできないだろうか。毎日とは言わずとも、定期的に配信してもらえるだけでどれだけありがたいことか……」

「と、とりあえず彼はつーべで配信停止措置をくらっている間は、つぃーちで配信をしてくれるはずだ……！　このチャンスをものにして、日本の配信市場を開拓するきっかけにしよう……！」

「よし……彼の配信における広告を一旦停止にするんだ……彼と彼の視聴者には、本来課金者にしか得られない最高の配信視聴環境を提供するんだ」

「……なるほど。それでつぃーちを気に入ってもらえれば万々歳《ばんばんざい》ということだな」

「そうだ！　この神木拓也という配信者に最高の配信環境を提供し、最大限我々のつぃーちに足止めする努力をするのだ！」

「「了解……！」」

つぃーち社員たちは、いきなりつぃーち日本サーバーに乗り込んできたこの大物配信者をどうにかしてつぃーちに引き留めようと、ありとあらゆる努力をし始めた。

そして当の神木は、自分が運営に贔屓《ひいき》されていることも知らずに、つーべのアカウントを使えない間の繋ぎとしてついーちを利用するのだった。

＃　＃　＃

「こ、こんにちはー……こ、これで配信できてますかね？　俺の声聞こえてますか……？」

いつもとは違う配信画面に向かって、俺は恐る恐る話しかける。

日本においては二番手の配信サイトついーち。

このサイトで配信をするのは初めてであるため、そもそも配信開始をちゃんとできたかも不安である。

ちなみに、アカウントを作ったのはたった三十分前だ。


〝やあ〟

〝やあやあ〟

〝やああああああああああ！！！〟

〝うぉおおおおおお！！！〟

〝これたぁああああああああ‼〟

反応はすぐにあった。

たくさんの視聴者が、恒例の始まりの挨拶〝やあ〟とともに配信に入ってくる。

なぜ新しいサイトでいきなり配信を始めても人が来たかというと、告知用ＳＮＳにリンクを貼ったからだ。

……本当、運用しておいてよかった。


〝垢ＢＡＮおめでとう‼〟

〝大将、垢ＢＡＮされたって本当ですか？〟

〝垢ＢＡＮされた神木さんチース〟

〝3000万稼いだ翌日に垢ＢＡＮって……w〟

〝ほんと、お前を追ってると退屈しないよ神木〟

〝なんで今日はついーちでの配信なんですか？　何かあったんですか？〟


突然全く別のサイトで配信を始めた俺に、当然のように視聴者から疑問の声が上がる。

俺はそんな彼らに、つい先ほど起こったことを包み隠さず説明する。

「きょ、今日ついーちでいきなり配信を始めたのはですね……その……単刀直入に申しますと……つーべのアカウントで配信停止措置になりました」

〝ファーｗｗｗ〟
〝配信停止ｗｗｗ〟
〝なんでやｗｗｗ〟
〝何があったんやｗｗｗ〟
〝分給１００万の伝説の配信の翌日に配信停止ｗｗｗ　神木お前本当に話題に事欠かないよな〟
〝配信停止って……大将どうして；；〟

「配信停止の理由は、規約に触れたからということでした。現状の措置は、三日の配信停止措置で、永久ではありません……」
俺は三日の配信停止措置を通告された文面をスクショしたのを視聴者に見せる。

〝よかった、永ＢＡＮじゃないのか〟
〝永久ＢＡＮじゃないならいいんじゃね〟
〝なんだ三日かよ〟
〝三日なら大丈夫やろ〟
〝てか急に配信停止ってなんでだよ〟
〝原因とかわかってるんですか？〟

三日の配信停止阻止と知り、視聴者の安堵するようなコメントが流れる。

どうやら彼らは永久にその配信サイトで配信ができなくなる措置……俗に言う永ＢＡＮの可能性を心配していたようだ。

「永ＢＡＮではないみたいです……おそらく三日後には配信ができるかと……なのでそれまではこのついーちで配信したいと思います……ご迷惑をおかけしますが、よろしくお願いします……」


〝まぁ、お前が見られるならどのサイトでもいいぞ〟

〝サイトはどうでもいい、どこまでもついていくぜ大将〟

〝了解っす〟

〝よかったぁ……つーべが義務になっちまったのかと思ったお；；〟

〝義務つーべ、趣味ついーちで完全移行かと思ったけど、違ったんですね。安心しました……〟

〝配信停止措置の理由って、書かれてたんですか？〟


「今のところ、なぜ配信停止になったのかはわからないですけど……多分心当たりはあります……その、昨日の配信で……皆さんから送られてきた支援物資開封のときに……その、言いづらいんですけど……裸のイラストが映っちゃったじゃないですか……」

〝あー〟

〝あ〟

〝えっろ〟

〝えっど〟

〝あーね〟

〝あれか〟

〝あれかぁ〟


昨日の支援物資開封の第一号。

紳士用の性処理グッズが入っていた箱に、裸の美少女のイラストが描かれていた。

おそらくそれが配信に映ってしまったことで、利用規約に引っかかり、俺は配信停止措置になってしまったのだろう。

もちろん人間が見れば、俺があの裸のイラストを画面に映してしまったのが故意ではないとわかるはずだが、しかしつーべは確かＡＩによって管理されている。

ＡＩにとっては故意か故意じゃないかは判断つかず、とにかく女性の胸部を映したりしたら一律で配信停止、という判断になるのだろう。

……うん、わざとじゃないとはいえ、配信停止措置はやっぱりちょっと落ち込む。

というか、あんなに大金をもらって応援してしてもらった手前、申し訳ないという気持ちでいっぱいだ。

視聴者の贈りものが原因とはいえ、俺がもっと警戒しておくべきだった。

「本当にすみません……ＢＡＮ明けまでダンジョン配信はついーちにて行うのでよろしくお願いします……」


〝まぁしゃーない〟

〝神木のせいじゃないな〟

〝おのれＡＩめ……〟

〝無能ＡＩ〟

〝もういっそのことついーち魂売るべ〟

〝ごみつーべは捨てよう〟


「いえ、悪いのは不注意だった俺です……今後は配信停止にならないように細心の注意を払うので……」

今回は三日の配信停止措置で済んだが、何度も配信停止措置をくらうといよいよ永久ＢＡＮとなり、俺はつーべを利用できなくなってしまう。

日本における最大手の配信サイト、つーべが利用できなくなるのは配信者として致命的だ。

だから今後二度と配信停止措置にならないようにしないとな。

「それじゃあ……今日もダンジョン配信やっていきます」

俺はつーべのＡＩに憤《いきどお》っている視聴者を宥めつつ、生まれて初めてのついーちでのダンジョン配信を開始するのだった。

＃　＃　＃

神木拓也がついーちにて配信を開始して三十分後。

ついーちで一、二を争うほどの人気配信者、ＸＱＤ《エクスキューディー》のもとに一匹の鳩《はと》（配信界隈のスラングで、現在閲覧している配信者の様子を、別の放送中の配信者に報告すること）が飛んだ。


〝おい、ＸＱＤ‼　なんかめちゃくちゃ人を集めている日本人がいるぜ‼〟


「はぁ？　日本人が人を集めてる？　このついーちでか？　本当の話か？」

ＸＱＤは主に英語圏で人気のあるカナダ人の配信者だ。

ダンジョン配信全盛の今の時代に、昔ながらのゲーム実況や雑談といった古風な配信で数万人の視聴者を集める実力派。

ちょうど先ほど、大作ＲＰＧをクリアし終えて一息ついていたＸＱＤは、気になる視聴者のコメントをコメント欄から拾い上げた。

「嘘をつくなよ。このサイトで日本人なんてほとんどいないぜ？　日本人が人を集めてるなんて嘘だろ」

〝本当だって。今同接8万人でお前より人を集めてるぞ〟

「はっ、冗談だろ？　このついーちで俺より人を集める日本人？　そんなのいるわけ……」

〝オーマイガー!!　確認してきたが、本当にいたぞXQD!!〟

〝本当だ!!　マジでいやがる!!　ダンジョン配信で同接8万人集めてるぞ!!〟

〝自分の目で確認してみろよXQD〟

日本でついーちが人気がないことを知っていたXQDは、最初は視聴者のコメントを信用しなかった。

しかし何人もの視聴者が実際にこの目で見たと主張したため、確認することにした。

「わかったわかった。そこまで言うなら確認してみるよ」

XQDは日本サーバー、最高同接の条件で検索を絞り、配信を調べてみる。

「オーマイガー!!　本当じゃないか……！　なんだこいつ……!?」

XQDは思わずのけぞって驚いた。

視聴者の言う通り、本当に8万人を集めている日本人の配信者がいたからだ。

「一体なんなんだこいつは⁉　日本の人気コメディアンか何かなのかい？」

ＸＱＤは早速、８万人の視聴者を集める謎の日本人の配信を、自分の配信に映し始める。

つーべでは、他人の配信を自分の配信で映すこのミラーリングと呼ばれる行為は禁止されているのだが、ついーちではむしろ互いの配信を盛り上げ合う手段として推奨されていた。

ＸＱＤは突然現れた謎の日本人配信者……ユーザーネーム『ＫＡＭＩＫＩ』の配信を自らの視聴者とともに観察する。

「なるほど、ダンジョン配信者か……これだけの人を集めているんだからきっと強いんだろうな？」


〝ダンジョン配信者かよ〟

〝くだらねぇ、ダンジョン配信者か〟

〝ゲーム実況者や雑談配信者で8万人集められるなら大したものだが、ダンジョン配信者か〟

〝こいつも流行《はや》りに乗っかるだけの軽い奴ってことだ〟


「ははは。まぁ見てみようじゃないかもう少し」

全盛期を迎えているダンジョン配信者に対抗心を燃やしている自らの視聴者に苦笑しつつ、ＸＱＤは８万人を集める日本人のダンジョン配信を観察する。

「お、モンスターと戦うみたいだね。勝てるのか？」

ミラーしている画面ではちょうど、小柄であまり強そうに見えない日本人が、自分より背丈がかなり高い鬼のようなモンスターと対峙して戦おうとしているところだった。

「あまりダンジョン配信を見ないからわからないんだが、彼はこんな大きなモンスターを倒せるのかい？」


〝さあ、知らん〟

〝無理なんじゃないか？〟

〝アジア人は背が低いからな〟

〝非力なアジア人にあんなでかいモンスターが倒せるわけない〟

〝オーガだな。かなり強いモンスターだぞ〟

〝XQD。こいつはオーガってモンスターで、それなりに強い部類さ〟

〝おいおい、ダンジョン配信に詳しいナンセンスな視聴者が多すぎるだろ〟


「彼は死ぬ気なのか……？」

筋骨隆々で背丈も二倍くらいありそうなモンスターに対し、特に緊張した様子もなく脱力して構えている日本人に、ＸＱＤは死にやしないかと少しハラハラしながら見守る。

「ん……？」

一瞬、画面の中で日本人の剣を握った右腕がブレたような気がした。

……その次の瞬間。

斬ッ‼

「ワッツ⁉」

切断音のようなものが聞こえてきて、筋骨隆々、背丈二メートルを超える怪物の胴体が真っ二つになった。

一体、この日本人が何をしたのか、ＸＱＤには理解できなかった。

「ワッタァファァッッッック！？！？！？」

ＸＱＤの絶叫が、彼の配信部屋に響き渡ったのだった。

第11話

「ノーウェイ‼　ゼアイズノーウェイ‼」

ＸＱＤはこれまでにないぐらいの叫び声を上げた。

「意味がわからない‼　一体何が起きたんだ⁉　彼は何をしたんだ……⁉」

ミラーしている画面では、真っ二つにされたモンスターが地面に倒れ、ダンジョンの地面に吸収されている。

向こうのコメント欄が盛り上がるとともに、ＸＱＤの配信のコメント欄も一気に流れだした。

〝ワッツ！？！？〟

〝一体何が起きた⁉〟

〝どういうことだ⁉〟

〝これは現実なのか⁉〟

〝信じられない……‼　俺たちは何を見たんだ⁉〟


ＸＱＤ同様、沸き立つ視聴者たち。

普段ゲーム実況や雑談配信ばかりで、ダンジョン配信をあまり見ないＸＱＤの視聴者たちにも、画面の中の日本人の異常性が十分に理解できた。

「おいおいおいおいおい⁉　冗談だろ⁉　強そうなモンスターを一瞬で倒したぞ‼　これは……見えない速度で動いて殺したってことなのかい⁉」


〝おそらくだがそうだ！〟

〝きっとカメラのフレームレートで捉えきれない速度で殺したんだろう〟

〝オーマイガー。なんてことだ〟

〝人間技とはとても思えないな……〟

「この日本人は忍術使いなのかい⁉　なぁ、ダンジョン配信に詳しい奴がこの中にいるだろ⁉　教えてくれよ。探索者って奴はみんなこうなのかい⁉」

ＸＱＤは、５万人を超える自分の視聴者にそう問いかける。

すぐにダンジョン配信に詳しいと思われる視聴者から返答があった。

〝普段それなりにダンジョン配信を見ているが、こんな奴は見たことないぞ⁉〟

〝彼の実力はトップレベルだ……‼　アンビリーバブルだよ‼〟

〝実際、本当に一握りの探索者はあのように一般人には見えない速さで動いてモンスターを殺すことが可能だ。だがそういう探索者は大抵がそれなりの歳を重ねている。彼の年齢であれほどの力を有しているのは相当にクレイジーだよ〟

〝アジア人だから若く見えているだけなんじゃないのか？　彼の年齢はいくつなんだ？〟

「なるほどオーケー。トップレベルの探索者は見えないほどの速さで動けるんだね。勉強になったよ」

ＸＱＤは興味をそそられたと言わんばかりに顎を触る。

「それで？　彼の年齢はいくつぐらいなんだい？　見たところティーンエイジャーの背格好だが？彼の年齢でこれだけの力を持っている探索者というのはそれなりにいるモノなのかい？」

〝この日本人の年齢はわからないけど、もし十代なんだとしたら異常だよ。前代未聞の才能の持ち主と言わざるをえない〟

〝いや、十代でここまでの実力者なんて見たことがない。そもそもほとんどの人間は、成人してから探索者になるんだ。日本ではどうなってるのかわからないが……〟

〝もし彼が本当に十代なのだとしたら、いかれているとしか言いようがないね。なぜなら彼が今いる場所は、ダンジョンの下層と呼ばれる階層なんだ。下層は戦闘経験のない一般人が足を踏み入れれば即死するような危険地帯だ。そんな場所を、配信を行いながら攻略していっているという時点で異常としか言いようがない〟


「なるほど……彼はダンジョンの中でも危険な場所にいるんだね……誰か彼の情報を知っている者はいないのか？　前代未聞の実力っていうぐらいだから、それなりに有名なんじゃないか？」

〝見つけたぞ……！　この日本人、最近出てきたダンジョンサムライって渾名の探索者だ‼　こっちでも探索者の奴らが話題にしている‼〟

〝ダンジョンサムライなら俺も聞いたことがあるぞ！　まさか彼がそうなのかい⁉〟

〝サムライだって⁉　彼はサムライの子孫なのか⁉　日本ではまだサムライがいるんだね！〟

〝サムライはただのニックネームみたいなものだろ〟

「彼のことを知っている人がいるのかい⁉　おい、君のコメントを固定したぞ‼　彼について知っていることを教えてくれ‼」

ＸＱＤは流れるコメントから、画面の日本人に詳しそうだと思われる視聴者を固定する。

「君は本当に彼について知っているのかい？　教えてくれないか。この日本人は一体何者なんだ⁉」

〝ＸＱＤ。彼はダンジョンサムライって渾名の日本人探索者さ。どうやら最近人気が出て、ここ数週間でつーべのほうで登録者を１００万人以上増やしたみたいだね。現在の登録者は２００万人超え。日本で今一番勢いがあると言われているダンジョン配信者さ〟

「数週間で１００万人以上か……それはすごいな……やっぱり彼はここに来る前から人気のある配信者だったんだね。でなければいきなり８万人も視聴者を集めるのはおかしい」

〝彼は、こっちの探索者の間ではダンジョンサムライって呼ばれてるみたいだ。彼のストリームを翻訳する専用チャンネルまでつーべにあって、そっちの登録者も１００万人を超えている〟

「へぇ……そのチャンネルを見たいな。興味がある」

〝待っててくれよリンクを貼るぜ……〟

〝XQD。これがそのダンジョンサムライの翻訳チャンネルのリンクだ。ぜひ見てくれ〟

「ありがとう。みんな、彼の翻訳チャンネルを見てみることにするよ」

XQDは、視聴者に紹介してもらったリンクを踏み、神木拓也の翻訳チャンネルへと飛んだ。

「な、なんだこれは……?」

〝これは……〟

〝これは本物なのか……?〟

〝作り物の動画じゃないのか?〟

〝よくできたアバターだろ〟

〝信じられない……〟

そしてXQDと彼の視聴者は、その翻訳チャンネルに投稿されている動画を見て絶句することになる。

そこには、今までの神木拓也の配信の名場面が切り抜かれアップされていた。

どの動画を再生しても、ほとんど一瞬という速さでモンスターを倒してしまうダンジョンサムライ。

中にはゲームのラスボスのようなドラゴンと戦闘している動画もあり、その中でダンジョンサムライは、縦横無尽に、それこそゲームのキャラのような、およそ人とは思えない動きで巨大な火を吐くドラゴンのモンスターと互角に渡り合っていた。

「か、彼は人間なのかい……？　ターミネーターとかではなく……？」

翻訳チャンネルで神木拓也のありえないモンスター討伐集を見たＸＱＤは震え声で言った。


〝こんな化け物がこの世には存在するのか……〟

〝これはもう人間じゃない。何か別の生物だ〟

〝もはやこいつ一人で兵器級の戦闘力があるんじゃないか……？〟

〝下手すると核兵器よりも危険な存在だ……〟

〝ダンジョン配信アンチだが、正直に言って見入ってしまったよ……〟

〝ほとんどの戦闘で一瞬でモンスターを倒しているな……信じられない。まるで魔法でも使っているかのようだ〟

〝何者なんだ彼は……まさか日本人が人体実験によって作り出した超生物、はたまた新人類じゃないだろうな……？〟

〝→ありえる。日本人の考えつきそうなことだ〟

〝日本人は人型ロボットにご執心だからな。きっと彼も人間の皮と肉体を纏《まと》ったロボットなのかもしれん〟

ダンジョン配信アンチであるはずのＸＱＤの視聴者たちも今はただ沈黙し、ダンジョンサムライのありえない動きにただただ戦慄する。

その後ＸＱＤは自らの配信を終えるまで、ダンジョンサムライこと神木拓也をミラーし続けたが、誰一人として文句を言う者はいなかった。

＃＃＃

「なんか今日人多くない……？」

おかしい。

違和感を覚え始めたのは、下層攻略を開始したあたりからだった。


〝なんかめっちゃ人いるwww〟

〝いつもより同接多いなｗ〟

〝なんでつーべより同接多いんだよｗ〟

〝10万人もう少しでいきそうだぞｗ〟

〝神木拓也垢ＢＡＮがトレンド入りしてるからそっち経由で来てるんじゃね？〟

〝それにしたってこんなに同接増えるかね？〟

コメント欄の上に表示される同時接続数。

現在の数字は、約9万8000人。

もう少しで10万人に届きそうな勢いである。

「なんでだ？」

俺はダンジョンを攻略しながら首を傾げる。

なぜ同接がいつものつーべでの配信よりも多いのだろうか。

いつもの配信なら、下層に入るタイミングでの同接は大体7万人から8万人。

加えて今日は、つーべではなくついーちでの配信。

プラットフォームをいきなり変えたわけだから、普通同時接続は減るはずである。

にもかかわらず、なぜか同時接続はいつもよりも2万人以上多い数字となっている。

原因はなんだろうか。

コメントを見ると、どうやら神木拓也垢BANがトレンド入りしてるらしいので、俺が永久BANになり、つーべから追い出されたと勘違いした野次馬が冷やかしで見に来ているのだろうか。

……いや、コメント欄を見る感じそんな印象は受けないが。

〝これが噂のダンジョンサムライなのかい？（英語コメ）〟

〝やあ、日本人。XQDから来たよ（英語コメ）〟

〝はぁい、日本人のサムライ！　僕はXQDの視聴者だよ。君はまるで人間じゃないみたいな動きをするね（英語コメ）〟


（てか、なんか今日海外ニキが多いな）

俺はコメント欄を見ながらそんなことを思う。

祐介曰《いわ》く、海外ではダンジョンサムライなんて渾名をつけられているらしい俺。

翻訳チャンネルの伸びは凄まじく、登録者は２００万人を突破する勢いだとのこと。

翻訳チャンネルがバズってから、ありがたいことに海外ニキが俺の本配信までやってきて、コメントしてくれることも増えた。

だがそれでも普段の配信で圧倒的に多いのは日本語のコメントだ。

海外と日本では時差もある。

だから、翻訳チャンネルが俺の本チャンネルの登録者と同じ数の登録者であろうとも、俺の配信に現れてさらに英語でコメントする海外ニキは決して多いとは言えなかったはずだ。

……これまでのところは。

（二割……いや、下手したら三割ぐらい英語コメで埋まってるぞ……かつてこんなことがあっただろうか）

しかし、今日に限っては俺の配信は異様な様相を呈していた。

コメント欄の二割から三割が英語コメで占められているのだ。

何を言っているのかわからないが、なんとなく挨拶されているような気がする。

日本人の視聴者も、普段とは異なるコメント欄の雰囲気に若干困惑気味だ。

〝今日海外ニキ多いな……〟
〝めっちゃ英語のコメ流れるwww　なんて言ってるのかわからねぇwww〟
〝海外ニキって普段こんなにいたか……？〟
〝おい、ここは日本人の配信だぞ!!　日本語でコメントしろや!!〟
〝誰か英語できる奴、翻訳しろよwww〟
〝これ、ついーちだからか？　めっちゃ海外ニキ多いな〟

一体何が原因でこんなに海外ニキが俺の配信にやってくることになったのだろうか。
やはりプラットフォームが違うからか？
日本と違って海外では配信サイトの一番手はこのついーちだと聞くけど。
……でも言葉がわからないだろうに、なんで俺の配信なんか見てるんだろう。
(なんか緊張するな……)
俺はいつもより若干緊張しながらも、とりあえずいつも通り下層を攻略する。
別に英語で実況とかする必要はないよね？

〝神木さん、なんかＸＱＤっていう有名配信者にミラーされてるみたいですよ〟

「え、ミラーされてるんですか!?」

ふと気になるコメントが流れて、俺は思わず足を止めて読み上げてしまう。

ミラーリング……通称、ミラー。

それは他人の配信を自分の配信で流す行為であり、つーべでは認められていない規約違反行為だ。

「ついーちはミラーってありなんですか？」


〝ついーちはミラーありだぞ〟

〝普段ついーち見てるがミラーはここでは一般的だな〟

〝他人の配信に自分の視聴者を無理やり流すレイド、なんて仕組みもあるぞ〟

〝ついーちはミラーは規約違反じゃないっすね。むしろ推奨されてます〟


「あ、そうなんですね。このサイト、ミラーありなんだ」

どうやらついーちはつーべとちがってミラーは禁止されていないようだ。

「なんで俺なんかをミラーしてるんだろう？」

俺は今日このサイトにやってきた新米もいいところだ。

普通ミラーってのは親しい配信者同士がやるものでは？

〝本当だ！　ＸＱＤっていう同接５万の配信者がお前のことミラーしてるぞ〟

〝ＸＱＤとかいう奴がお前をミラーして、その視聴者が流れてきてるみたいだな〟

〝この海外ニキたちは、そのミラーしている配信者の視聴者ってことか〟


「ＸＱＤ、っていう配信者ですか？」

面白い名前の配信者だな。

……どうやらコメント欄を見る限りそのＸＱＤというつぃーち配信者が俺の配信をミラーしてくれているらしい。

そのせいで向こうの視聴者がこちらに流れてきているようだった。

「ありがたいです。ありがとうございます」

伝わるかどうかはわからないけど、一応お礼を言っておいた。

どうやら今日俺の同接がいつにも増して高いのはそのＸＱＤという配信者のおかげらしい。

ＸＱＤがなぜ俺のことをミラーしているのかわからないけど、多くの人に見られる機会をもらったという意味では普通にありがたいな。


〝これもはや荒らしだろ〟

〝英語でコメントするんじゃねぇ!!　日本語使えや!!〟

〝大将、ＸＱＤカスの視聴者が攻めてきてます!!　向こう行って荒らしてきていいですか!?〟

〝大将!!　俺たちも向こうに行って日本語でコメしまくってきます!!〟

「やめなさい。荒らしはダメですよ」

血気盛んなうちの視聴者が、英語コメを荒らしだと見なし、向こうの配信を荒らそうと仲間を募っている。

俺は慌てて荒らし行為はダメだと釘を刺しておいた。

まだ始めて初日なのに、ついーちに俺の悪名が広まったらどうするんだ。

〝大将!!　すでに向こうで日本語コメ連投して荒らしてる奴がいます!!〟

〝向こうの配信見てきたが、すでに荒らされてて草〟

〝向こうですでに荒らし湧いてるぞｗ〟

〝XQDがめっちゃ驚いてるわｗｗｗ〟

「す、すでに荒らしてる人いるんですか!?　ちょ、やめさせてくださ……って、うおっ!?」

『グォオオオオオ……!!』

近くで低い唸り声がして、俺は驚く。

コメント欄に気を取られているうちに、ダンジョンベアーの接近を許してしまっていたようだった。

『グォオオオ……‼』

「うるさい！　今ちょっと手が離せないんだわ……‼」

邪魔なダンジョンベアーを、俺は斬撃で切り裂いて始末する。


〝うぉおおおお！？！？（英語コメ）〟

〝なんてこった⁉（英語コメ）〟

〝なんだ今のは⁉（英語コメ）〟

〝衝撃波でも起こったように切り裂かれたぞ⁉（英語コメ）〟

〝明らかに剣のリーチが足りてないように見えたが、何が起こったんだい⁉（英語コメ）〟

〝今のはどうやって倒したんだ⁉　彼は忍術でも使ったのかい⁉（英語コメ）〟

〝これは現実なのかい⁉（英語コメ）〟

〝アンビリーバブル‼　信じられない‼（英語コメ）〟

〝彼はまるで本物のサムライのようだ‼（英語コメ）〟


俺がダンジョンベアーを始末した直後、コメント欄に怒涛のように英語コメントが流れる。

なんだろう。なんて言ってるのかはいまいちわからないけど、驚いているのは伝わってくるな。

別に俺はいつも通りにダンジョン探索してるだけなんだけど、どの辺が琴線《きんせん》に触れたんだろうか？

〝海外ニキ驚いてら、、〟

〝めっちゃ海外ニキたち驚いてるｗ〟

〝なんか可愛いなこいつらｗ〟

〝きっと俺たちが初めて神木を見たときと同じ気持ちで見てるんやろなｗ〟

〝いいなぁ……あのときの興奮をもう一度味わいたい……〟

〝おいおい、海外ニキたちよ。あんまりこいつの配信見すぎると、他のダンジョン配信じゃ満足できなくなるぞ？〟

コメント欄が、驚いている海外ニキたちの英語コメと、それを見てウケている日本語コメントでごっちゃ混ぜになる。

……なんかこのカオス感はこれはこれでありだな。

第12話

三割の海外ニキのコメントと七割の日本語コメントがごちゃ混ぜになったコメント欄を見ながら、俺は下層の探索を続ける。

〝あ、10万人いった……〟

〝10万人おめｗ〟

〝すげぇ……ｗ　ついーち初配信で10万人ってｗ〟

〝海外ニキたち神木の同接の養分になってくれてありがとなー､､〟

〝ついーちで10万人とか……日本人でそんなの見たことねぇよｗ〟

〝神木多分お前、現在進行形でついーちの日本人同接記録作ってるぞｗ〟

〝このまま同接増やしまくって誰にも超えられないついーちの日本人記録作ろうぜｗ〟


ＸＱＤという配信者の視聴者らしい海外ニキたちの同接押し上げもあって、気づけば同接は10万人を突破していた。

……今日始めたばかりのついーちで、まさかいきなり六桁の同接を達成するとは思わなかった。


〝オーマイガー!!　この日本人、同接が10万人いるぞ!!（英語コメ）〟

〝ハンドレッドサウザンドの同接だって!?　信じられない!!　こんな数字、俺たちのＸＱＤでもなかなか達成できないぞ……!（英語コメ）〟

〝一体どれだけ人気があるんだこの日本人は!?（英語コメ）〟

〝しかし、こんな超人的なストリームを見せられたらこの同接も納得と言わざるえない……僕はいまだに彼が実在する人物であることが信じられないよ（英語コメ）〟

〝本当にハリウッドのＣＧみたいな冗談のような配信だよ‼（英語コメ）〟

「じゅ、10万人ありがとうございます……テ、テンキューウォッチンマイストリームぅ……」

俺は拙《つたな》い英語で同接に貢献してくれている海外ニキたちにお礼を言った。


〝神木の英語ｗ〟

〝うーんｗ　探索者としては一流だけど英語の発音は……ｗ〟

〝お手本のような日本語英語ですｗ〟

〝発音へったｗ〟

〝お前の高校偏差値それなりに高いだろうがｗｗｗ　なんでそんな発音なんだｗｗｗ〟

〝神木さんの英語可愛い〟

〝沼《ぬま》英語〟

〝日本語英語〟


「ぬ、沼英語言うんじゃないよ……」

頑張って英語使ったのに、視聴者たちからめちゃくちゃ嘲笑《ちょうしょう》されてしまった。

許してくれよ。

俺英語の補習の常連なんだ……


〝ユーアーウェルカム‼　礼には及ばないさ‼（英語コメ）〟

〝むしろお邪魔しちゃって悪いね！（英語コメ）〟

〝ふむ……彼は今英語を喋ったのかい？（英語コメ）〟

〝フフ……彼の英語はかわいいねｗ〟

〝相変わらずジャパニーズイングリッシュってのはひどいな……発音がめちゃくちゃじゃないか……（英語コメ）〟

〝日本人は賢いと言われているのになんでこんなに英語が下手くそなんだ……（英語コメ）〟


なんか俺が英語でお礼を言うと、一気にドバッと英語コメントが流れた。

全然なんて言ってるかわからないんだけど、もしかしてバカにされてる……？　ちゃんとお礼が伝わってるといいんだけど。

流石にサンキューぐらいは聞き取ってほしい。


〝ヒズイングリッシュイズベリーキュートで草〟

〝よかったな神木。お前の英語、かわいいって言われてるぞ〟

〝どういたしましてだってさ〟

〝日本人の英語ひどい言われてて草〟

〝発音ひどすぎて英語喋ったのか疑われてるの草〟


「ぐお……」

英語のわかる視聴者が、海外ニキたちのコメントの意味を教えてくれる。

お、俺の英語の発音ひどすぎて、英語なのか疑われてるのマジ……？

「はい。探索続けまーす」

慣れないことはするものじゃない。

俺はもう英語は一言も喋らないと心に誓って、探索を再開する。

＃　＃　＃

『キチキチキチキチ……』

『キチキチキチキチ……』

『キチキチッキチチチチ……』

ブーーーーーーン……

ブーーーン……

ブーーーーーーーーン……

「ダンジョンビーですね……全部で……八匹、いや、九匹かな？　結構いますね」
気を取り直して下層攻略を再開した直後、会敵したのはダンジョンビーの群れだった。
全部で十匹近くの群れだ。
『オグゥ……』
『オガァ……』
『オ……ガァ……』
そしてダンジョンビーの奥には五匹ほどのオーガの姿も見える。
下層では珍しい、複数種のモンスターの群れとの会敵だ。
「まずはダンジョンビーから倒しますね」
俺はまず空中をブンブンと飛び回っているダンジョンビーから片付けることにした。
スマホを、固定器具で体に固定する。
こうすることによって、戦闘中に配信をしながら両手を使うことができるのだ。
いや、これ本当に便利。
取り外しも簡単だし。
送ってくれた方、まじで感謝です。
〝ダンジョンビーとオーガの群れかぁ……〟
〝割と厄介だけど神木ならこれぐらいは……〟

〝他のダンジョン配信なら十分ピンチなんだけどなぁ……神木だともはや心配にもならん〟

〝順当に倒しちゃってくださいよ大将〟

〝両手解放されたし、負ける道理はないっしょ〟

〝切り抜き班、準備してるかー？〟

〝切り抜き班は切り抜く準備しとけー？　神木が両手で下層の群れと戦うぞー〟

〝切り抜き班です。もはやこれぐらいのことじゃ、切り抜いてもあんまり再生とれません……〟

〝こんなの切り抜いても再生されねぇよ……だってどうせ苦戦せずに一瞬で倒しちゃいますし……〟

〝神木強すぎて逆に切り抜き班困ってるやん〟


〝オーマイガー!!　巨大なハチが出てきたぞ!?　彼は大丈夫なのか!?（英語コメ）〟

〝なんだこの大きさのハチは!?　ダンジョンにはこんな巨大生物がいるのかい!?（英語コメ）〟

〝地上のハチより何倍も大きさがあるぞ!!　お尻の針も大きい……刺されたらおしまいだ!!（英語コメ）〟

〝後ろには他のモンスターもいるぞ!?　大丈夫なのか!?（英語コメ）〟

〝ひょっとして彼はピンチなんじゃないのか!?　だ、誰か９１１の準備を……（英語コメ）〟

〝いや、彼は日本にいるのに９１１してどうするんだ……（英語コメ）〟


「えーっと……このあたり……かな？」

〝お、始まったw〟

〝重なりを探すってやつだな〟

〝い・つ・も・の〟

〝ゲーム感覚でモンスターを倒す神木w〟

〝おいおい、彼は何をしているんだ⁉　動きを止めているぞ⁉（英語コメ）〟

〝恐怖で動けなくなったのか⁉（英語コメ）〟

〝巨大バチは側まで来ているぞ⁉　なぜ片目を瞑《つむ》っているんだ⁉　諦めたのか⁉（英語コメ）

「見えた……！」

空中をブンブン飛んでいるダンジョンビーが、ある一点に重なるタイミングを見つけた俺は、瞬時にその一点目掛けて片手剣を投擲する。

ザシュザシュザシュ……！！！

ドガァアアアアアアン！！！

「よっし‼」

狙い違わず俺の投擲した片手剣は、一気に三匹のダンジョンビーを仕留めて天井へと突き刺さった。

〝ファーwww〟

〝一気に三匹仕留めたwww〟

〝相変わらずすごいなwww〟

〝やっぱ何度見てもすげーよw〟


〝ワッタァファック！？！？（英語コメ）〟

〝ワッツ！？！？（英語コメ）〟

〝ジーザス！！！（英語コメ）〟

〝オーマイガー！？！？（英語コメ）〟

〝なんてこった⁉（英語コメ）〟

〝彼は今何をしたんだ⁉　手裏剣でも投げたのか⁉（英語コメ）〟

〝一気に三匹を仕留めたぞ⁉　意味がわからない‼（英語コメ）〟


『キチキチキチキチ……‼』

「邪魔」

仲間を仕留められて怒り狂ったのか、ダンジョンビーが一匹、俺に接近してきた。

俺はそのダンジョンビーを、左手でハエのようにはたき落とす。

パァン。

ダンジョンビーは、針で刺された風船のように破裂して絶命した。

うーん、こんなふうに自分のほうから突っ込んできてくれたら楽なんだけど……

まぁ、そうはいかないよな。

「やれやれ……結局剣を投擲するのが一番早道か」

俺は空中を飛び回っているダンジョンビーたちを見ながら、天井の剣を回収するために真下まで歩く。


〝あんなに動きの速い物体に剣を投げて当ててるなんて……どんな動体視力をしているんだ⁉（英語コメ）〟

〝三匹同時に倒してしまうなんて……ひょっとしてまぐれではなく狙ったのかい？（英語コメ）〟

〝彼は剣を投げる前に動きを止めて何かを見ていたようだけど、あれはどんな意味があるんだい……？（英語コメ）〟


〝海外ニキたち困惑してて草〟

〝誰か解説してやれよｗ〟

〝英語得意な奴、重なりを探してるやつ解説してやれよｗ〟

〝手裏剣飛ばした言うてるわｗ〟

〝手裏剣って……ｗ〟

〝よし……では留学経験のある俺が英文で解説してやるか……『海外視聴者へ。彼は今、モンスターが空中で重なる刹那《せつな》のタイミングを見計らって剣を投擲したんだ。三匹同時に倒したのはまぐれじゃないよ（英語）』〟


〝オーマイガー!!　やっぱりそうだったのか!!（英語コメ）〟

〝彼の視聴者曰く、先ほどのはやはりまぐれではないらしい……！（英語コメ）〟

〝手裏剣を投げたわけではないのか……！　てっきり彼が忍者の末裔《まつえい》かと思ったよ（英語コメ）〟

〝信じられない……三匹が空中で重なる一瞬を見極めるだなんて……彼には世界が止まって見えているのかい……？（英語コメ）〟


〝お、伝わったっぽいｗ〟

〝いいねぇ。なんかこういうの新鮮だねぇｗ〟

〝マジでモロに神木見始めたときの俺らの反応やんｗ〟

〝海外ニキたち、まぐれじゃないって知って驚いてらｗ〟

〝謎の忍者推しはなんなんだｗ〟

〝こいつらまじで忍者だのサムライだの大好きだよなｗ〟

「よっと」

天井に突き刺さった片手剣の真下まできた俺は、ジャンプして剣を引き抜く。

「お、ラッキー」

剣を抜いて地面に降りるとき、ちょうど真下に一匹ダンジョンビーがいたので、俺はそのまま落下の勢いを乗せてダンジョンビーを仕留めてしまう。

斬ッ！！！

「っと」

ダンジョンビーが真っ二つになるのと、俺が地面に着地するのはほぼ同時だった。


〝ワッタァファァック⁉　今一体何メートル飛んだ⁉（英語コメ）〟

〝信じられないジャンプ力だ‼　まるで〇ンテンドーのマ〇オみたいじゃないか‼（英語コメ）〟

〝落下途中でまた一匹倒したぞ⁉　彼の身体能力は一体どうなってるんだ⁉（英語コメ）〟

〝まるでゲームのキャラコンのような動きだ……信じられない。彼は本当に我々と同じヒューマンなのかい？（英語コメ）〟

〝これこそ忍術だ……！　今度こそ忍びの技を使ったに違いないよ‼（英語コメ）〟

〝海外ニキ今なんて言ってる？〟

〝神木のジャンプ力に驚いてるwww〟

〝ゲームキャラみたいとか言ってるぞwww〟

〝〇ンテンドーのマ〇オ言われてるぞwww〟

〝マ〇オは草〟

〝また忍術忍術言ってる奴いるわwww　誰か神木の身体能力は常時こんなものだって説明してやれよw〟

〝オーケー、わかった……ええと、こんな感じでいいか……『海外の視聴者へ。彼は別に忍術は使っていないよ。彼はいつもこんな感じさ』……これで伝わるやろ〟

〝日本の視聴者曰く、彼はいつもこんな感じらしいぞ‼（英語コメ）〟

〝意味がわからない……同じ人間だとはとても思えないよ……（英語コメ）〟

〝なんだって⁉　今のも忍術じゃないのかい⁉　一体いつになったら忍術を使うんだ‼（英語コメ）〟


「さて……残りも倒してしまおうか」

その後、俺は何度か剣の投擲を繰り返して残りのダンジョンビーを全て倒した。

『オガァ……』

『オグゥ……』

ダンジョンビーを倒した先に待ち受けていたのは、五匹ほどのオーガの群れだ。

「まずは重なりを探して……」

俺はオーガの重なりを探し、ちょうどいいタイミングを見計らって水平方向への剣の投擲を行う。

シュッ‼

バァン！！！

ドガァアアアン！！！

『『オガァアアアアア！？！？』』

投擲した剣によって体を大きく削られた三匹のオーガが悲鳴を上げる。


〝三匹貫通したwww〟

〝いつもながらめちゃくちゃwww〟

〝もう神木の配信では当たり前の光景だよなw〟

〝おーい、残り二匹～？　逃げたほうがいいぞー。そいつ、天地がひっくり返ってもお前らじゃ勝てないぞ～〟


〝オーマイガ！！！　また剣を投げたぞ‼（英語コメ）〟

〝穴が空いた‼　三匹同時に大ダメージだ……！（英語コメ）〟

〝先ほどの攻撃の地上バージョンということか……なんてめちゃくちゃな戦い方なんだ（英語コ

メ）〟
〝間違いない……！　これこそが手裏剣だ‼　爆発する手裏剣だ‼（英語コメ）〟

〝メジャーリーガーも真っ青の投擲力だよ‼　僕には剣を投げる彼の腕が全く目視できなかった‼（英語コメ）〟


『オガァアアアアア！！！』

『ガァアアアアアア！！！』

三匹の仲間を殺され、怒り狂ったオーガが突進してくる。

「鈍《にぶ》いから後ろの剣を回収させてもらうよ」

俺はそんなオーガたちを簡単に避けて、彼らの背後の壁に突き刺さった剣を回収する。

『オガ……!?』

『ガァ……ァ？』

俺の姿を見失って戸惑っているオーガたちに、背後から声をかける。

「俺はこっちだけど」

『『……ッ!?』』

「もう遅いよ」

斬ッ！！！

『『……』』

飛んだ二つの斬撃が、それぞれオーガの首を刈り取った。

切り離された頭部が、ぼとりと地面に落ちて、続けざまに胴体のほうも力なく地面に倒れ伏した。

「ふぅ……いっちょあがり」

俺は額の汗を拭って剣を鞘《さや》にしまい、固定器具からスマホを取り外してコメント欄を確認する。


〝オーマイガァアアアア!?!?　オーマイガァアアアアア‼（英語コメ）〟

〝ジーザスクライスト!!!!!（英語コメ）〟

〝レッツファッキンゴーォオオオオ!!!!!!!!（英語コメ）〟

〝ノーウェイ!!!　アブソリュートリィノーウェイ!!!!（英語コメ）〟

〝アンビリーバブル!!!（英語コメ）〟


「うわっ⁉」

コメント欄が英語で埋め尽くされていて、俺は思わずそんな声を出してしまった。

なんだこれ。

日本語コメが見当たらないぞ。

すごい速度で海外ニキたちがコメントしている……

やっぱり何言ってるかわからないけど、驚いているのはなんとなく伝わってくるな。

〝意味がわからない⁉　これは現実なのか⁉（英語コメ）〟

〝彼は一体今何をしたんだ⁉　どうやって離れたところにいるモンスターを倒したんだ⁉（英語コメ）〟

〝気づいたらモンスターの背後を取っていたぞ⁉　瞬間移動でもしたのか⁉（英語コメ）〟

〝どう考えても剣のリーチが足りてなかったぞ⁉　なぜモンスターの首を落とせたんだ⁉　理解不能だ！（英語コメ）〟

〝やはり彼は魔法か何か特殊な力を使えるんだ……！　そうとしか説明できない‼（英語コメ）〟

〝忍術だ……！　今度こそ忍術に違いないよ……！（英語コメ）〟

〝やはり彼は忍者の末裔だったんだ‼　現代日本に生きるリアル忍者なんだ……！（英語コメ）〟


怒涛のごとく流れる英語のコメント。

俺は全く意味がわからずに、困惑してしまう。

「えーっと……なんて言ってるんだろう。全然読めない」

英語なうえにコメント欄の流れが速すぎて全然読めない。

俺が困っていると、英語コメントに囲まれて、ポツンと一つの日本語コメントが流れていった。


〝リアル忍者言われてて草〟

「いや、渾名増やさないでよ」

ダンジョンサムライだけで間に合ってます。

第13話

「先に進みます」

ダンジョンゾンビーとオーガの群れを倒した俺は、英語で埋め尽くされたコメント欄を表示しているスマホを体に固定し直して探索を再開した。


〝やべぇ……コメ欄英語で埋まっててマジでカオスなんだがｗ〟

〝これ本当に日本の配信かよｗ〟

〝すごいなこれｗ　日本の配信者でこんな光景初めて見たわｗ〟

〝気持ちはわからんくもない。俺たちも神木のダンジョン配信初めて見たときはこんな感じだったし〟

〝つか同接の伸びすごいな……11万８００００人……もうすぐで12万人までいきそうだな〟

〝ついーちで12万人ってすごいん？〟

〝すごいなんてもんじゃない。日本人配信者としては前代未聞だな〟

〝この配信、現在進行形でついーちの日本人最高同接記録を更新し続けてるぞ。マジで向こう五年は誰も超えられないぐらいの記録が今日できるかもな〟

〝XQDって奴に感謝だな〟

〝もう神木、ここで配信したらいいんじゃねーの？w〟

〝普通配信者って配信サイト変えるとかなり人減ったりするものだけど、逆に増えるってマジで異常だよな〟

〝配信サイト変えたぐらいじゃ見るのをやめたりしない熱い視聴者が多いってことだな〟

「両手使えると戦いやすいです。この固定器具送ってくれた方、本当にありがとうございます」

俺は身軽な両手をブンブン振り回しながらそう言った。

この固定器具のおかげで、戦闘中は撮影カメラを体に固定し、戦闘が終わったら取り外してコメントを読んだり、ということができるようになった。

おかげで探索効率がかなり上がった。

今日も、いつもより早く上層と中層を踏破して、下層探索の配信を始めることができた。

この固定器具を送ってくれた人には本当に感謝だ。

……最初の三つがあまりに酷すぎたために余計にありがたみが身に染みているのかもしれないが。

カサカサカサカサ……

「ん？」

そんなことを考えていると、向こうから複数の気配が迫ってくる。

「多くない？」

何この気配の多さ。

数十……いや下手したら数百以上の気配を感じる。

まさかまたモンスターの群れだろうか。

……俺、配信中にイレギュラーとかトラブルに見舞われること本当に多くないか？


〝なんか近づいてきてね……？〟

〝めっちゃ足音するんだけど……〟

〝数多くね？〟

〝まさかまた群れ……？〟


「まぁ、見どころ作れるし別にいいけど」

カサカサカサカサカサカサカサ……

カサカサカサカ……

カサカサカサカサカサカサカサカサカサ……

「って、そっちか!!」

暗闇の向こうから姿を見せたモンスターの正体に、俺は思わずそうツッコんでいた。

一気に多数の気配を感じたからまた群れかと思ったが違った。

……いや、群れであることは確かなんだけど。

カサカサカサカサカサ……

カサカサカ……

カサカサカサカサカサカサカサカサ……

〝うわ……アリの大群来たんだけど⁉〟

〝なんだこれ⁉　初めて見たｗ〟

〝うわきっしょｗｗｗ〟

〝めっちゃでかい……そして数多すぎｗ〟

〝なんか壁とか地面が動いてるみたいで鳥肌立つんだが……〟

「ダンジョンアント……何気に配信で遭遇するの初めてか」

カサカサカサカサカサ……

カサカサカ……

カサカサカサカサカサカサカサカサ……

擦れるような足音とともに、ダンジョンの床や壁一面を覆い尽くしながらこちらに迫ってきたのはダンジョンアントと呼ばれるモンスターだ。

その見た目は、地上のアリを何十倍何百倍にも大きくしたような感じであり、当然大きさに比例した戦闘力を有している。

単体で出てくることはまずなく、基本数十匹から百匹以上の群れで行動する。

一匹倒すと、特殊なフェロモンを含んだ体液が体について、その匂いをたどって群れの残りがどこまでも追いかけてくる。

ゆえに、群れに遭遇したら全滅させるより他にないというかなり厄介なモンスターだ。

〝おいおいおい⁉　今度は巨大アリが出てきたぞ⁉（英語コメ）〟

〝巨大バチの次は巨大アリか。本当に馬鹿でかいな。一匹が子犬ぐらいはありそうだ（英語コメ）〟

〝ダンジョンってのは地獄か何かなのか⁉　なんという光景だ！（英語コメ）〟

〝こんな悍《おぞ》ましい光景は見たことがない‼（英語コメ）〟

〝ダンジョン忍者はこの危機にどう対処するんだ⁉（英語コメ）〟

〝我らがダンジョン忍者も流石に今回は打つ手がないんじゃないか⁉（英語コメ）〟

〝いいや、俺はダンジョン忍者を信じる……！　きっと今回もとんでもない忍術でこの危機を乗り切ってくれるはずだ……！（英語コメ）〟

カサカサカサカサカサカサカサ……

カサカサカサカ……

カサカサカサカサカサカサカサカサ……

「うぅ……何度見ても慣れないよな……この光景……」

そこらじゅうをダンジョンアントが埋め尽くし、まるで床や壁が黒く変色して動いているかのように錯覚させられる光景に、俺はちょっと嫌悪感を覚える。

「一匹一匹相手するのも面倒だし……どうしようか……」

モンスターの群れだったら見せ場を作って同接さらに上げられると思ったんだが、ダンジョンアントじゃなぁ……。

「あ、そうだ。久しぶりにあれやるか」

どうしたものかと困っていた俺の頭に、一つのアイディアが。

「全方位攻撃しながら進むやつ」

〝神木サーきたぁあああ！！！〟

〝かミキサー降臨！！！！〟

〝二度目の神木サーだぁあああ！！！〟

〝うぉおおお！　大将俺はあんたを信じてたぞ‼〟

〝またあれやるのかｗ〟

〝画面見えなくなるやんｗ〟

〝こりゃまた海外ニキたちが発狂するぞｗ〟

〝海外ニキたち絶対驚くやろなｗ〟

俺はコメント欄がかミキサー降臨だなんだと盛り上がっていることも知らずに、片手剣を構えて全方位攻撃の用意をするのだった。

＃　＃　＃

「し、信じられない……彼は本当に人間なのか……」

神木拓也の配信をミラーしていたＸＱＤは自分の頬をパシパシと叩いてこれが現実であることを思わず確かめてしまった。

それほどまでに、画面の中の神木拓也が彼にとってありえない挙動をしていたからだ。

「さっきの動画は全部本物だったんだね……創作動画なんかじゃなかった。それを今、彼が我々の目の前で証明してくれている……」

神木拓也の翻訳チャンネルで見た、あまりに現実味のない数々の動画。

ＸＱＤや彼の視聴者は、現実離れした神木拓也の動きにそれが作られた動画である可能性を疑っていた。

だが、そうではないことを、神木拓也が現在進行形で証明していた。

まるでゲームのキャラクターのような、あるいはハリウッド映画のヒーローのように、縦横無尽に、捉えきれない速度で動く神木を見て、XQDも彼の視聴者もすっかり圧倒されていた。


〝おいXQD。視聴者が2万人も減ったぞ！〟

〝そろそろこの日本人のミラーをやめたほうがいいんじゃないか？〟

〝おいXQD。お前の同接がどんどん減ってるぞ。3万人を切りそうだ〟

〝聞こえているのかXQD‼〟


やがて、コメント欄で同接の減りを警告してくる視聴者が現れだした。

ミラーしている神木拓也の配信があまりにスリルがあって魅力的なので、XQDの視聴者がそちらへとどんどん流れていっているのだ。

いつもは五万人ほどあるXQDの同接は、今は3万人を切ろうとしていた。

2万人を超える視聴者が、XQDの配信を離れ、神木拓也の配信へと行ってしまったのだ。

(彼らはもう帰ってこないかもしれないな……)

ふとXQDはそんなことを思った。

神木拓也の配信へと行ってしまった視聴者は、きっと今回のことでダンジョン配信の面白さに気づいてしまったかもしれない。

もし神木拓也がこのままつぃーちで配信を続けるのなら、彼らは自分の視聴者をやめて神木拓也という配信者を見始めるかもしれない。

（そうなっても仕方ないな……これは……）

だがＸＱＤは、そうなっても当然だと思っていた。

自分の配信に、古風なやり方に誇りを持っていた彼は今、目の前の一人の日本人ダンジョン配信者に圧倒されてすっかり自信を喪失していた。

この日本人の配信より、本当に自分の配信のほうが自信を持って面白いと言えるだろうか。

ＸＱＤはそんなことを自問自答していた。

カサカサカサカサ……

「ん？　壁が動いて……？」

ふとＸＱＤは顔を上げた。

ミラーしている神木拓也の配信に異変を感じたからだ。

「オーマイガー……これまさか、全部モンスターなのかい……？」

神木拓也の立っているダンジョンの床や壁が一瞬動いたように見えたのだが、違った。

壁や床を埋め尽くすほどのモンスターのの大群が、神木拓也の周りで蠢《うごめ》いていたのだ。


〝これが全部モンスターなのか!?〟

〝気持ち悪いな。吐き気を催す映像だ〟

〝巨大アリの大群か……さっきの巨大バチに引き続き、虫系のモンスターだな〟

〝地獄のような光景だ。集合体恐怖症の僕があの場にいたら卒倒してしまう自信があるよ〟

〝これは流石の彼もピンチなんじゃないか？〟

〝はっ。くだらないダンジョン配信者なんてそのままモンスターに食われて滅べばいいんだ〟


「彼はこの大群相手にどう戦うのかな……？」

ＸＱＤはどこかワクワクしている自分を感じていた。

〝気持ち悪い〟〝地獄のような光景〟〝彼は窮地に立たされている〟〝ダンジョン配信者なんてモンスターに食われればいい〟。

そんな視聴者のコメントを横目に、ＸＱＤは少年のような心で次の展開を待っていた。

不意に、画面がぐるぐると回りだした。

神木拓也の剣を握る右手が、ありとあらゆる方向に向かって繰り出され、徐々にスピードを増していく。

「彼は一体何をしているんだ……？」

攻撃速度はどんどん速くなり、やがて画面がぐるぐる回りだした。

「な、何も見えないぞ……？」

ＸＱＤが困惑する中、ザシュザシュと何かを切り裂くような音が連続で響く。

カサカサカサカサという音が近づいてきて、どうやら神木拓也へモンスターの大群が一気に群がっていることだけは理解できた。

〝おい何も見えないぞ？〟

〝配信が落ちたのか？〟

〝いや、これ、画面が高速で回転しているんじゃないか？〟

〝何が起こってるんだ？〟


ＸＱＤの視聴者たちのそんなコメントが画面横に流れる中、神木拓也の配信から聞こえていた切り裂くような音がどんどん速くなり、やがてシュルルルと途切れ目のない乾いた音に変化していた。

「ま、まさか……彼は今……」

ＸＱＤは、ごくりと唾を呑みながら画面が平常に戻るのを待った。


『ふぅ……こんな感じかな？　全員倒せた……？（日本語）』


やがて何が起こっているのかわからなかった画面が、はっきりとし始める。

ミラーしている神木拓也の配信から、意味のわからない日本語が聞こえてきた。

「……っ⁉」

ＸＱＤは言葉を失って戦慄する。

はっきりと映し出された画面に、血みどろの地獄絵図があったからだ。

「オーマイガー……信じられない……なんなんだこれは……」

あれだけいた巨大アリのモンスターは一匹たりともいなくなっていた。

代わりにあるのは、先ほどまで巨大アリだったもの。

原形をと留めず、血肉と化して地面や壁にこびりついている。

ダンジョンの通路は、まるでハリケーンでも通ったかのような様相を呈していた。


〝……〟

〝…………〟

〝……〟

〝…………〟


チラリと自分の配信のコメント欄を見れば、XQDの視聴者は絶句して、完全に沈黙していた。

まるで配信が止まったかのように、コメント欄がフリーズしている。

「は、はは……」

XQDは乾いた笑いを漏らした。

彼の中で、今まで信じていた常識のようなものが音を立てて壊れていくのを感じた。

「もうだめだみんな……すまない。今日の配信はここまでだ……」

XQDは装着していたヘッドフォンを置いた。

「これ以上彼の配信を見ていたら僕は頭がおかしくなりそうだ。二度と配信をできなくなるかもしれない……そうならないためにも今日の配信はここまでだ。彼の配信にレイドするから、あとは好きにしてくれ」

そう言ってＸＱＤはレイドと呼ばれる、今いる自分の視聴者を全て神木拓也の配信に流す操作を行い、自分の配信を終了したのだった。

＃　＃　＃

「ふぅ……なんとか全部倒せました」

神木サー……じゃなくて全方位連続攻撃を使ってダンジョンアントの群れを全滅させた俺は、スマホを手に取ってコメント欄を確認する。

〝オーマイガァアアアア!?!?　オーマイガァアアアアア‼（英語コメ）〟
〝ジーザスクライスト!!!!（英語コメ）〟
〝レッツファッキンゴーォオオオオ!!!!!!!（英語コメ）〟
〝ノーウェイ!!!　アブソリュートリィノーウェイ!!!（英語コメ）〟
〝アンビリーバブル!!!（英語コメ）〟

〝どりゃぁあああああああああああああああああ！！！〟

〝神木サーどりゃぁあああああ！！！〟

〝うぉおおおおおおお！！！〟

〝すげぇえええええ！？！？〟

〝全滅だぁあああああああああ！！！〟

〝やっぱあんたが最強だぁあああああ！！！〟


「いやめっちゃ盛り上がってますやん」

思わずそうツッコんでいた。

英語コメ、日本語コメ問わず、怒涛のように流れている。

速すぎて全然読めないけど、日本人の視聴者も海外ニキたちも同様にめちゃくちゃ驚き、そして盛り上がっているようだった。

この技、そんなに人気度高い？

「同接12万人、ありがとうございます」

気づけば同接も12万人を突破していた。

まさか今日始めたサイトでこれだけの人数を集められるなんてな。

言語が違うのに見に来てくれた海外ニキたちもありがたいが、何より俺の失態で配信サイトを急遽変更したのについてきてくれた日本の視聴者に感謝だな。

「ってうおっ⁉　なんだこれ⁉」

と思ってたらいきなり同時接続の数が動いた。

先ほどまで12万人だったのが、一気に3万人ほど増えて15万を超える。

「バ、バグ……⁉　なんだこれ……⁉」


〝あ、レイドだ……！〟

〝レイドやん……！〟

〝よかったな神木。XQDからのレイドだぞ〟

〝レイドで3万人増えたwww〟

〝ついーちで15万人www　今後五年はお前以外の日本人に超えられない記録やんこんなんwww〟


「え、バクじゃないの……？　レイド……？　何それ……？」

俺が困惑していると、視聴者たちが同接がいきなり増えた理由を教えてくれた。

どうやらXQDという、先ほどから俺のことをミラーしてくれていた有名配信者が、レイドというシステムを使って視聴者を全て俺の配信に流してくれたようだ。

「あ、ありがとうございます……！」

確かに一気に英語コメントが増えた気がするな。

俺はXQDが流してくれた海外の視聴者に向けて言った。

「俺は神木拓也と言って現在高校生のダンジョン配信者です！　主に下層を主戦場としています!! わざわざ見に来てくださってありがとうございます……！　普段はつーべのほうで配信しているので、今日の配信が気に入ってくれたらつーべのほうまでぜひいらしてください………ええと、誰かこれ英語に訳してくれませんか？」

視聴者頼みですみません。

俺が視聴者にそうお願いすると、留学経験のあるらしい視聴者が〝留学経験のある拙者が……〟と言って、俺の言葉を海外ニキたちに向けて訳してくれた。

持つべきものは英語のわかる視聴者ですね、はい。

＃＃＃

「同接12万人だと……!?」

「もはや北米やヨーロッパの一流たちと肩を並べられる数字じゃないか……！」

「まさか一日でここまで伸びるなんてな……」

「さっきアカウントを作った配信者の同時接続とはとても思えないような数字だな……」

神木がかミキサーによりダンジョンアントを殲滅したちょうどその頃。

ついーちの日本法人のオフィスでは、外国人の運営たちが神木の配信の盛り上がりに驚きの声を上げていた。

今日作ったアカウントで同接12万人を記録。

神木は知らずのうちに、つぃーち社員たちの前で、自らの人気度合いと配信者としてのポテンシャルを余すところなく見せつけていた。

つぃーち社員たちは、まさか神木拓也がここまで人気のある配信者だとは思わずに、呆気に取られながら神木の配信を見守っていた。

「ははは、どうやらXQDがレイドしたようだな」

「先ほどまでずっとこの神木拓也の配信をミラーしていたようだが、心が折れたか」

「こんなものを見せつけられちゃな。今までダンジョン配信をバカにして頑《かたく》なに見てこなかったあいつにとっては衝撃だっただろうな」

「しかしこんなダンジョン配信は私も見たことがない。彼は高校生なのだろう？　まるで深層に潜る一握りの一流探索者か、それ以上の動きをしていないか？」

「おそらく年齢も彼の配信者としての価値を高めているのだろうな。成人した探索者であったのなら、流石にここまでの人気は出ていないだろう」

「凄まじいな……XQDがレイドしたことにより同接は15万人……まさかこんな大物がいきなり現れてくれるとは……」

「しかし、配信停止措置が解除されたらつーべに帰っていくだろうな」

「くそ……どうにかして彼を引き留められないものか……」

「いっそのこと彼と独占配信契約を結ぶか……？　彼になら本社もそれ相応の金を積むと思う

が……」

「彼をついーちに引き込めれば、日本市場を開拓する礎《いしずえ》となることは間違いない……」

「5億……いや、10億積んでも私は構わないと思うね……それで彼がついーちに来てくれるのだとしたら、絶対に相応の金額を回収できる」

「今はちょうど円安だしな……どうにかドルを積んで彼を買えないものか……」

「早速本社に問い合わせてみよう。日本市場を開拓するまたとないチャンスなんだ。本社の連中にとってもいい話のはずだ」

そうしてついーちの日本法人の社員たちは、神木拓也をついーちに引き込むべく動きだす。

そして当の本人は、そんなこといざ知らず、呑気に「今日配信に来た海外ニキたちの十分の一ぐらいをつーべに誘導できないだろうか……」などと考えながらダンジョン配信を続けるのだった。

第14話

※配信停止措置撤回のお知らせ

「は……？」

思わずそんな声を漏らしていた。

初のついーち配信で他配信者の手助けもあり同接15万人を達成したその翌日。

昼食後に自室で雑談配信でもしようとパソコンの前に座った俺は、一通のメールの通知が届いていることに気がついた。

「配信停止措置撤回……？」

メールをクリックし、本文を読む。

送り主はつーべの運営となっており、長々とした文章で大体次のようなことが書かれていた。

・二日前の配信停止措置はＡＩの判断で行われたものでした
・あとから人が確認したところ、故意で規約違反を行《おこな》ったわけではないことが判明しました
・だから今日で配信停止措置は解除するね、早とちりして本当にごめんね

「えぇ……」

俺は呆然としてしまった。

まさかの配信停止措置の撤回。

いきなりすぎてどう反応していいかわからない。

こっちは三日配信できないことを覚悟して、その間はついーちで配信しようと思ってたのに。

いや、嬉しいは嬉しいけどさ。

あとから人が確認したらオッケーでしたって……それじゃあ、最初っからそうしてくれよとちょっと思わなくもない。

まぁ膨大な数のつーべの動画投稿者や配信者を全員生身の人間が確認し管理できるわけないから、仕方がないことなんだろうけど。

「え、ってことは今すぐ配信していいのか……？」

文面を見るにもうすでに俺の配信停止措置は解除されているらしい。

俺はいつの間にか復活している配信開始ボタンを恐る恐る押してみる。

「あ……配信始まった」


〝やあ〟

〝やあ〟

〝やああああああああああ〟

〝きたぁあああああああああ〟

〝どりゃぁあああああああああああ〟

〝やったぁああああああああ！！！〟

〝待ってた〟

〝うぉおおおおおおおおお‼〟


配信を始めた瞬間、一気に視聴者が流れ込んでくる。

開始数秒で同接は2万人に到達。

今さらちょっとお試しで配信つけてみましたとは言えない状況に。


〝待ってた‼〟

〝あれ⁉　つーべで配信できるようになったの⁉〟

〝配信タイトルないけど？　設定ミス？〟

〝概要欄まっさらだぞ〟

〝垢BANされたんじゃないんですか？〟

〝あれ？　配信停止ペナルティ三日じゃなかったっけ？〟

〝今日はついーちだと思ってた！　つーべ復活したんですね……！〟


「す、すみませーん……ちょ、ちょっと待ってくださいね」

ああもういいや。

今日はこのまま雑談配信しよう。

俺は急いで配信タイトルを入力し、概要欄をコピペし、リンクをSNSで呟く。


〝ついーちで配信するんじゃ？〟

〝ゴミつーべは捨てたんじゃないんですか？〟

〝おかえり神木〟

〝っぱつーべよ〟

〝義務つーべ捨ててご褒美ついーち移行じゃないんですか？〟

〝ハロー神木‼　昨日の配信を見てチャンネル登録しておいたよ！　今日も配信を見られて光栄だ（英語コメ）〟


「ええと……それじゃあ改めて……今日はつーべで雑談配信を始めたいと思います……さ、最初にまず謝りたいことがあります……その、ご迷惑ご心配おかけしてすみませんでした……！」

配信の基本設定を終えたところで、俺はすでに3万人に到達している視聴者に対して頭を下げる。

「自分の不注意でつーべで三日の配信停止ペナルティをくらったんですけど……その、今さっきメールが届いているのに気がついて……なんか復活してました」


〝ま？〟

〝やっぱ解かれたんだ？〟

〝詳しく説明求む〟

〝どういうこと？　運営からの恩赦？〟

〝停止措置が短縮されたってこと？〟

〝当然だろ。大将を配信停止にするとかおこがましいんだよクソ運営〟

「く、詳しいメールの内容はこんな感じです……！」

俺はこの方法が一番手っ取り早いと、運営から届いたメールの内容を視聴者に公開する。

「一応口頭でも説明すると……この間の措置はＡＩの判断だったらしく、あとから人のチェックが入って故意じゃないことがわかってもらえて、それで配信停止措置がなしになった形です」


〝は？　ふざけんなよクソ運営〟

〝手のひら返しかよ〟

〝ゴミＡＩ〟

〝やっぱＡＩってゴミだな〟

〝ＡＩ君たちはいつになったら人間の仕事奪うの？　現状、逆に仕事増やして迷惑しかかけてないよ？〟

〝むかついたからついーちに移行しましょう大将〟


「き、気にしてないですから……むしろ早めに配信停止措置解除してもらえてありがたいと思ってますから……だからやめてください、運営とか管理ＡＩの悪口は……」

詳しい経緯を知った視聴者たちが途端に怒りだし、運営やＡＩの悪口を言いだしたために、俺は慌てて宥める。

まぁ、急な手のひら返しには正直俺も驚いたけど、卑猥な画像が配信に映ってしまったのは事実だし、やっぱりこちらにも非があるからな。

サイトあっての配信者だし、視聴者が暴走して運営に要望という名の迷惑メールを送りまくって運営に目をつけられたりしたくない。

ただでさえ、最近ダンジョン配信界隈の間で視聴者の凶暴性ゆえに若干腫《は》れ物《もの》扱いされだしている節《ふし》があるし。これ以上悪目立ちなんてしたくない。

この件は綺麗さっぱり忘れて、これからもありがたくつーべで配信させてもらうとしよう。

「お、俺はもう気にしてないので……こ、この件はもう終わりにしましょう……お、お願いですから運営さんに変なメール送ったり公式サイト荒らしたりしたらダメですからね？」


〝了解〟

〝大将がそう言うなら〟

〝仰せのままに〟

〝お前ら神木がこう言ってんだからもう何もするなよ〟

〝ゴミつーベマジで感謝しろよ〟

〝てか、これわんちゃん忖度《そんたく》だろ〟

〝神木が昨日ついーちで15万人集めたから、やばいと思って今日になって慌てて解除したんだろ〟

〝競合他社に神木レベルの配信者取られたら一大事だもんな？　おいつーべ運営そうなんだろ？〟

〝俺はほぼ１００％忖度だと見てるね。この間の配信でスパチャも飛びまくってたし、こんな稼げる配信者をみすみす逃す手なんてないからな〟

〝神木がついーち移行したらワンチャン、日本でもついーち配信のほうがつーべ配信より流行りだす可能性あるからな。長い間つーべ見てきて運営が配信停止措置短くするなんてなかなか聞いたことがないし、これぜったい忖度だろ〟


「そ、忖度じゃないと思いますよー……で、では、雑談配信始めていきますっ……」

やたら俺のことを過大評価したがる視聴者をそっと窘《たしな》めてから、俺はさっさとこの話題から離れて雑談配信を始めようとする。

「ええと……」

しかし困ったぞ。

ダンジョン配信とダンジョン配信の間に、体を休めるという目的もあって行うことの多い雑談配信。いつもなら配信開始前にトークデッキなんかを書き起こして、前準備をしたりするのだが、今日はそういう準備が一切できなかった。

……何を話そう。

ずっとコメントを拾い続けるってのもあまりにありきたりだし……

（ええい、こうなったら……配信ネタに困ったとき用に用意していたネタの一つをここで消化するか……）

〝今日何するのー？〟

〝普通の雑談配信？〟

〝前みたいに荷物開封する？〟

〝にわかどもなんもわかってねぇな。神木の雑談といえば、まずは前日のダンジョン配信の振り返りだろ〟

〝お前らごちゃごちゃウルセェ黙って見てろ〟

「きょ、今日はちょっとただの雑談配信じゃなくて一風変わったことをやろうと思ってて……た、単刀直入に言うと、過去の俺の配信を振り返りたいと思います……！　いえいっ！！！」

無理やりテンションを上げて、パチパチと自分で拍手する。

〝過去編きたぁああああああ！！！〟

〝過去の神木さんを振り返る……？〟

〝アーカイブ見るってこと？〟

〝お、いいやん〟

〝どれぐらい遡《さかのぼ》るの？〟

〝人気出る前の神木を一緒に見ようってこと？〟

〝俺ニートで過去のアーカイブ見てるから、すでに半年前まで遡《さかのぼ》って見てるおー〟〟〟

〝神木さん！　自分ニートなんで一年前までのアーカイブ履修済みです！〟

「ど、どういうことかと言うと……その、知らない方もいると思うんですが、俺って実は二年ぐらい前から配信してたんですね……その、恥ずかしながら全然人気がなかったんですが……今はこうしてありがたいことに視聴者も増えたと思うので、過去の自分を皆さんに紹介しておきたいなって……だ、大体そんな感じです！」

大物配信者がよくやる「俺って昔はこうだったんだよなー」というスタイルの振り返り配信。

古参は「そうそう、昔のお前ってそうだったよな」って古参ぶれるし、新参は「へー、昔はこんな感じだったんですねー」と好きな配信者をより掘り下げられるので、正直嫌いじゃない。

いや、別に大物配信者ぶるつもりはないし、なんなら人気が出てまだ一ヶ月弱ぐらいしか経過していないぺーぺーの俺だけど、振り返り配信やらせてくださいお願いします。

同接0人でずっと頑張ってきた何百本にも及ぶ数時間のダンジョン配信のアーカイブ。

ただ誰も見ていない画面に向かってひたすら喋っていたあの日々の思い出を、今ここで供養《くよう》してやりたいんや……

「ど、同接7万人突破ありがとうございます……その、今はいろんなご縁もあってこんなにたくさんの人に見てもらってますけど……ずっと俺、同接一桁すらいかない超過疎配信者だったんですよ……ちょっと前まで。だからそのときのアーカイブがどっさりあって……ここで供養しておきたいなって……」

〝マジでお前が今まで発見されなかったのは奇跡だよ〟

〝高校生で下層まで潜れる実力派が今まで同接二桁いかずに配信してたのマジでなんかのバグだろ〟

〝過去の神木さん、めっちゃ興味あります〟

〝ニートだからもうすぐでお前の過去のアーカイブコンプリートできそうだおー、、〟

〝神木さんが同接二桁いかないとか信じらんねぇ……〟

〝うわー。昔に神木さん見つけて古参面したかったぁあああああ!!〟

〝ハロー神木拓也!! 昨日の君の配信は本当にエキサイティングだったよ! ところで今日はダンジョン配信はしないのかい? また君の忍術が見たいな!(英語コメ)〟


気づけば同接は7万人を超えていた。

昨日のついーちでの配信効果もあってか、普段より海外ニキによる英語のコメントも増えている気がする。

今でこそこんなに多くの視聴者を抱えて客観的にも人気配信者と言える地位を築きつつある俺だけれど……マジで昔は誰も見てない画面に延々一人でだべってる痛い奴だったのだ。

正直ずっと同接0でやっていた配信の日々は精神的にかなりつらかったけど……でもその日々の

おかげで今の俺があると言ってもいい。

だから、俺の下積み期間を……今の視聴者と共有して消化したい。

決してネタがないからとか、面白いこと何も思いつかないからとか、それだけの理由ではないことをここに明記しておきたい。

あと、すでに俺の過去のアーカイブ半年分とか、一年分とか、二年分ほとんどを消化したと言っている猛者《もさ》のコメントがチラチラあるけど今は気にしないことにしよう。

「わ、笑わないでくださいね、皆さん……では、過去の俺の勇姿を一緒に見届けましょう……」

そう言って俺は自分の顔を映したワイプをちっさくして、画面に自分のチャンネルを映す。

「ええと……それじゃあ、今から約一年前ぐらいのアーカイブを見ていきましょうね……」

二百本を超えている自分のチャンネルのアーカイブを古い順に並べ替えて、今から約一年前ぐらいのアーカイブを7万人の視聴者の前で再生する。

＃＃＃

『はい……どーもみなさんこんにちは!! 今日も元気にダンジョン配信始めていきたいと思います……!! よろしくお願いします!!』

〝始まったぁあああああ!!〟

〝うぉおおおお‼〟

〝過去の神木さん‼〟

〝神木さんの過去が今、解禁……！〟

〝元気いい挨拶〟

〝挨拶できてえらい〟

〝なんかその辺の配信者みたいw〟

〝一見するとマジで普通の売れないダンジョン配信者に見えるなw〟


アーカイブを再生するなり、俺の元気な挨拶の声が聞こえてきた。

そうそう、過去にはこうやって配信始めに元気よく挨拶してたっけ……

こうやって無理やりにでもテンション上げないと、最後まで持たないんだよな……

『ははは……よろしくお願いします今日も……よろしく、お願いします……ははは……はぁ』

『どーせ誰も見ないのに何言ってんだ俺……』

『今日は……誰か来てくれるかな……？　俺の配信、見てくれるかな……』


〝わろたwww〟

〝のっけからめっちゃ暗いwww〟

〝急に我に返ってるやんwww〟

〝落ち込んでで可愛いwww〟

〝大将;;　元気出して;;〟

〝泣いた;;〟


俺は頭を抱えてうずくまった。

待って。

自分で振り返り配信始めておいてあれだけど、過去の自分を見るの想像以上にきつい。というか痛い。痛々しくて見ていられない……俺こんなんだったの……？

「ぐぉおお……は、恥ずかしい……むずむずする……」

ベッドに飛び込んで足をバタバタやりたい気分だ。

画面の中では、過去の俺が、どーせ誰も見に来ないんだしみたいな卑屈《ひくつ》な表情でダンジョンを歩いている。

なんだか泣きたくなってきたよ。


〝この頃の神木を見つけてあげたかった;;〟

〝大将不憫《ふびん》すぎる;;〟

〝同接0なのに配信頑張ってる大将;;〟

〝どーせ俺なんて顔可愛いwww〟

〝人気者の神木にもこんな時代があったんだなwww〟

〝なんか親近感湧くwww〟


コメント欄は意外と当時の俺を温かく見守ってくれているが、俺はそろそろ限界が近い。今すぐ配信を閉じて毛布にくるまって自分の殻に閉じこもりたい。

ネタがないからとかそんな適当な理由でやっていい配信じゃなかった……

「あ、あの……やっぱり普通の雑談配信していいですか？」


〝絶対ダメ〟

〝ここまできたんです。最後までいきましょう大将〟

〝男らしくないですよ神木さん〟

〝絶対やめないで〟

〝みんなで見ましょう？　過去の大将の勇姿、最後まで見届けるんで〟


「な、なんでぇ……」

いつも結構バラバラのくせにこういうときだけ謎の団結力発揮するのやめてよ。

第15話

『ま、まずは上層を攻略していきますね……』

過去の俺がそんな宣言とともに上層攻略をスタートさせる。


〝頑張れ神木！〟

〝大将頑張れ；；〟

〝今から一年前の神木の実力やいかに〟

〝この頃から神木って強かったのか？〟

〝一年前の神木頑張れ～〟


コメント欄では、過去の俺に向けてのエールが飛ぶ中、過去の俺は何かを諦めたような表情でダンジョンの暗い通路を進んでいる。

いや、もうちょい元気出せよ。同接0で落ち込んでいるのがバレバレだ。

これじゃあ、せっかく見に来た視聴者がすぐに離れていくのも納得だ。

せめてもう少し楽しそうに攻略している様子を配信すれば、伸びる可能性があったかもしれないのに。

……なんて過去の自分に偉そうにダメ出しできるのは、俺がたくさんの人に見られるようになっているという現状があるからだよな。

もし桐谷きっかけでバズらなければ、今も同接0の配信をやっていたかもしれないのだから、人生というのはわからない。

『あ、ゴブリンですね……』

そんなことを考えていたら、一年前の俺がモンスターと会敵したようだった。

『グゲゲ……』

『グギィ……』

『ギィギィ』

聞こえてくる不快な鳴き声。

どうやら上層でエンカウントしたのは、三匹ぐらいのゴブリンのようだ。


〝モンスター来ちゃ〟

〝頑張れ神木～〟

〝まぁゴブリンなら楽勝やろ〟

〝今これだけの強さだし、一年前でもゴブリン数匹ぐらいは余裕だよね？〟

『倒します……』

コメント欄で、視聴者たちが過去の俺の実力についてあれこれ推察する中、画面の中の俺は、ボソリと呟き、そのままゴブリンたちに無造作に近づいていく。

『はぁあぁ……』

聞こえてくる面倒くさそうなため息。

一見すると適当に振り回しているかのように見える右手に握られた片手剣が、ゴブリンの首をスパスパ刈り取っていく。


〝ファーwww〟

〝やっぱこの頃から強《つ》ぇえ〟

〝作業みたいに倒すやんｗ〟

〝もはやゴブリン見てねぇｗ　ずっと前見てるｗ〟

〝滲《にじ》み出る強者感ｗ〟


「倒しましたー……次に進みます……」

覇気《はき》を感じない声でゴブリン討伐報告をした俺は、そのままどんよりとした表情で進む。

死んでいったゴブリンたちの死体を振り返ることすらしない。

コメント欄はそんな俺のやる気のなさに盛り上がりを見せる。

「す、すみません……このときの俺、マジで荒《すさ》んでたみたいです……連日同接0で不貞腐《ふてくさ》れて……こんな感じでした……」

うん、やっぱり配信者向いてないわ俺。

あまりにもわかりやすすぎる。

嘘でもいいからもうちょい楽しそうに配信やれよ……

〝いや、これはこれで面白いぞwww〟

〝ダウナー神木拓也ｗ〟

〝こっちのほうがむしろ強者感あるな。作業みたいにして敵を屠《ほふ》っていく感じが、キャラ立っててええぞｗ〟

〝不貞腐れた神木さんかっこよくて好きですｗ〟

なぜか一部の層に好評なやる気のない過去の俺。

結局上層を抜けるまで視聴者が全く現れなかったのか、俺はずっとやる気のない表情のままモンスターとの戦闘をこなし、上層を攻略し終えた。

『上層攻略しました……かかった時間は三十分ぐらいですね……』

〝めっちゃ早い〟

〝めっちゃすごい記録だから元気出せｗ〟

『はぁ……まだ視聴者０か……そりゃそうだよな……上層攻略に三十分もかかるようじゃ人は来ないよな……次はもっと頑張ります……』


〝いやいや、十分すごいってｗ〟

〝ゾロで上層攻略三十分とか神木の配信以外で聞いたことねぇよｗ〟

〝この頃から神木の感覚って世間一般とずれてたんだなｗ〟


「過去の俺がネガティブで本当にすみません……」

おい一年前の俺、お前が終始暗いから俺が謝る羽目になったぞ。

マジでもうちょい元気よく配信してくれ。


『それじゃあ中層攻略していきまーす……』

死んだ魚のような目をした一年前の俺は、そんな宣言とともに重々しそうな足取りで中層攻略をスタートさせた。

『シュルルルルルル……』

『フシィイイイイ……』

中層に入ってすぐ、モンスターとのエンカウントがあった。

過去の俺の目の前に立ちはだかるのは二匹のダンジョンスネークだ。

赤い目を爛々《らんらん》と光らせ、舌をチロチロさせて、やる気のなさそうな俺を見下ろしている。

『あ……モンスターです……なんかでっかい蛇みたいなやつ……こいつなんだっけ……』

ダンジョンスネークを見上げながら、過去の俺はやる気なさそうにボソボソ喋っている。

『えーっと……名前が思い出せない……なんちゃら蛇……みたいな名前だったような……まぁなんでもいいか。なんか巨大な蛇が二匹出ました』

いやダンジョンスネークな。

やる気なさすぎだろお前。


〝適当すぎるw〟

〝ダンジョンスネークだろw〟

〝神木さん元気出してくださいw〟

〝中層での戦闘か……一年前の神木といえど、こいつらも瞬殺なんか？〟


視聴者からもあまりにやる気のない俺にツッコミが入る。

ほんとすみません、一年前の俺がやる気なくて。

『フシイイィイイイイイ！！』

『キシィイイイイ！！！』

とぐろを巻いたダンジョンスネークが、俺に向かって飛びかかる。

『あ、なんか自分から飛びかかってきてくれました――……』

過去の俺は面倒な手間が省《はぶ》けてよかったとばかりに、迫りくるダンジョンスネークの攻撃をしゃがんでかわし、下から頭部を天井へ向けて一気に片手剣で突き刺した。

ザクッ！！！

『フシィイイイイ！？！？』

小気味いい音とともに、片方のダンジョンスネークの頭部が片手剣によって貫かれた。

ダンジョンスネークは、悲鳴のような鳴き声とともにジタバタと暴れる。


〝突き刺したｗ〟

〝やっぱすげぇｗ〟

〝紙一重でかわしたのにこの余裕そうな表情ｗ〟


紙一重で攻撃をかわし、一撃でダンジョンスネークの頭蓋を貫通させた俺に、コメント欄が盛り上がる。

そんな中、過去の神木くんは相変わらずやる気なさそうにダンジョンスネークの頭蓋を貫いたままの右腕を持ち上げた。

『これでもう一匹倒せないかな……えいっ……えいっ……えいっ……』

ズガァアアン!!

ドガァアアン!!

破壊音が音割れして聞こえてくる。

腕をダンジョンスネークから引き抜くのすら面倒なのか、過去の神木くんは、貫いたダンジョンスネークごと右腕を振り回し、もう一匹のダンジョンスネークに攻撃を試みている。

『フシ!?』

予想外の攻撃方法にダンジョンスネークも戸惑ったような鳴き声を上げる。

〝ファー www　そのまま振り回した www〟

〝めちゃくちゃすぎる www　どんな戦い方やねん www〟

〝無表情で自分の身長の何倍もある巨大蛇振り回す神木さんシュールすぎる www〟

〝マジでなんかのギャグ漫画みたいなことやってるやん www〟

コメント欄が俺のむちゃくちゃな攻撃方法に盛り上がる中、過去の俺は、ダンジョンスネークを振り回し、しなる尻尾を命中させたり、最後には無理やり壁に押しつけて潰したりなどして、二匹目のダンジョンスネークを仕留めていた。

いや、普通に手を引き抜いてもう一回片手剣で攻撃したほうが早いんじゃ……面倒くさいからって工程を省いた結果、さらに面倒で時間のかかる戦い方になってるじゃん。

配信のテンポ考えろテンポ、過去の俺……

『はぁ……疲れた……』

好き勝手にダンジョンスネークを振り回した俺は、ズボッと頭蓋を貫通していた右腕を引き抜いて、手についた液体をピッピッと払う。


〝マジでウケるんだがｗ〟

〝下手したら今の神木がやってることよりやばいｗ〟

〝そうかぁ……ダンジョンスネークってこうやって倒すんだ……（遠い目）〟


そしてなぜか、そこそこ好評な過去の俺のめちゃくちゃな戦い方。

いや、配信のテンポ落とす最悪の戦い方だったのに、君たちなんで意外と盛り上がっているんだい……？


『やっぱりダメなのかなー俺……ははは……』

それから一時間後。

そこには、配信が始まった当初よりもさらに落ち込む神木拓也の姿があった。

あれから随分がむしゃらな戦い方で中層のモンスターを倒し、無事に中層を踏破した過去の俺。

だが、これまで一人として配信には訪れておらず、同接は０のまま。

コメント欄は、なんの文字も見当たらない空白と化している。


〝めっちゃ落ち込んでらｗ〟

〝いやおかしいだろｗ　なんでこんなすごいことしてて人来ないんだよｗ〟

〝全く苦戦せずに中層踏破 www　そして同接は相変わらず０のまま www〟

〝大将可哀想;;〟

〝ここまで来ると、もはや呪われてるだろ www〟

〝神木だけ無人のサーバーか何かに隔離されてないか？ www〟


頑張って中層まで攻略したのに、一人にすら見られることなく肩を落としている俺の姿を視聴者たちは草を生やしながら観察している。

他人事だと思って面白がってるけど、マジで誰にも見られない配信、つらいんだからな。これは実際に過疎配信を経験した者にしかわかるまい。

お前らも配信一回やってみ？　大半が心折れて辞めたくなるから。

「ど、同接８万人ありがとうございます……」

そして気づけば同接は８万人を突破。

……やばい。

こんな大人数の前で過去の俺の醜態《しゅうたい》を晒していいものなのか。

俺が、今日何度目かわからない後悔をしそうになっていた、その時だった。

『あああああ……！！！』

「……っ⁉」

画面の中の神木くんがいきなり大声を出した。

俺は思わずビクッとしてしまう。


〝お……‼〟

〝人来た……！〟

〝同接1人達成……‼〟

〝すげぇ……！　人がいる……！〟

＃　＃　＃

配信開始から二時間近くが経過しようとしているそんな時間になって、過去の神木くんの過疎配信のもとに、救いの女神のごとくようやく最初の視聴者が現れた。

コメント欄の上のほうに表示される1の数字。

過去の神木くんの表情がわかりやすく嬉しげになる。

『あっ……あのっ……あのっ……あっ……あっ……』

「いや、落ち着けよ！」

思わずツッコんでいた。

一年前の俺、人が来たことが嬉しくて、重度のコミュ障みたくなっている。


〝めっちゃ焦ってるwww〟

〝コミュ障やんｗ〟

〝頑張れ、一年前の神木ｗ〟


『あ、あの……！　き、来てくださってありがとうございます……その、い、今からダンジョン下層を1人で攻略します……！　俺、こ、高校生です現役の……！　本当です‼』

自分が学生でありながらソロで下層に潜れるだけの実力を有していることをぎこちなくアピールする神木。

うん、今見るともっとうまいやり方あったやろと思わなくもないが、仕方ない。

当時の俺はこの1人の視聴者を引き留めるために必死だったんや。

〝うんうんｗ　アピールは大事やねｗ〟
〝頑張って引き留めようとしてるwww〟

〝雑談で同接8万人集める超人気配信者が、一年前にはたった1人を引き留めるためにここまで必死になってたのかw　なんかウケるなw〟

〝見てるのが自分だけで、こんなこと言われたら出ていけなくなるやんけ…〟

〝過疎配信特有のプレッシャー、かけられてて草〟

〝大将;;　たった1人の視聴者にその圧は逆効果です;;〟


「ぐ……」

いやわかってるから……！

今から考えたら、こんなことしても逆効果だってちゃんと理解してるから……

でも当時の俺は、人が配信に来なさすぎてマジで必死だったんだ。大目に見てやってくれよ。

『か、下層攻略開始します……』

しっかりと自分の実力をアピールした（逆効果）神木くんは、そう宣言し下層の攻略を始める。

先ほどまで死んだ魚のようだったその目は、すっかり生気を取り戻し、ギラギラと輝きながら、モンスターを探している。

早くモンスター出てこいっ、この人がいなくなる前にっ。

そんなこと考えているんだろうな。覚えてないけど、このときの俺の気持ちが手に取るようにわかる。

『グォオオオオオオ……！！！』

「来た……！」

やがてギラついた目でダンジョン下層を進む神木くんの前に、一匹のモンスターが立ち塞がった。

『ダンジョンベアーです……！　倒します……！』

現れたのはダンジョンベアー。

巨大グマのモンスターである。

『グォオオオ……！』

ダンジョンベアーは神木の姿を認めると、唸り声とともに襲いかかる。

俺も俺で、見せ場を作れると喜んでいるのか、嬉々としてダンジョンベアーに向かっていく。

『グォオオオ……！』

ダンジョンベアーが咆哮《ほうこう》とともに、太い鉤爪で神木に攻撃を繰り出す。

『はぁあああああ！！！』

神木くんはそんなダンジョンベアーの岩をも切り裂く鉤爪攻撃を身を少し逸らすことで簡単に避けて、直後、怯んで動きの鈍ったダンジョンベアーに対し、気迫の声とともに連撃をお見舞いする。

『グ……ォオ……』

ダンジョンベアーの動きがぴたりと止まる。

やがてその巨体にいくつもの切れ込みが入り、サイコロステーキのようにボロボロと地面に転がった。

どうやら勢い余った神木くん、いいところを見せようとダンジョンベアーを切りすぎてしまったようである。

〝ファーwww〟

〝オーバーキルすぎるやろwww〟

〝ダンジョンベアーくん可哀想すぎるw〟

〝さっきまでのやる気のない戦闘とは雲泥《うんでい》の差だwww〟

切り刻まれたダンジョンベアーの肉片がダンジョンの地面に吸い込まれていく中、神木くんの興奮した声が聞こえてくる。

『ど、どうでしょうか……⁉　ダンジョンベアー討伐完了です……！』

いかにも何か感想が欲しそうに、たった一人の視聴者に向かって話しかける神木くん。

だがコメント欄から何か返信が返ってくることはない。

過去の俺は、何かコメントが来るのを待っているのか（どう考えても悪手《あくしゅ》）、足を止めてコメント欄をじっと見つめているが、たった一人の視聴者はいなくなることはないものの、何もコメントは打つつもりがないようだった。

〝ジーン……w〟

〝圧かけてコメントさせようとしてて草〟

〝めっちゃコメントしてほしそうｗ　可愛いｗ〟

〝ご主人に褒めてほしい犬みたいやなｗ〟

〝コメントはしません、とｗ〟

〝コメントしてやれよｗ　誰だか知らねーけどｗ〟


『さ、先に進みます……』

やがて今回の戦闘ではコメントをしてもらうのを諦めたのか、過去の俺は探索を再開する。


『シシシシシシシ……!!』

五分後、画面の中の神木くんは下層に入って二匹目のモンスターに遭遇する。

『ジャイアントスパイダーです……！　戦います……！』

現れたのはジャイアントスパイダーだった。

神木くんは今度こそいいところを見せてコメントをしてもらおうと思っているのか、自分からジャイアントスパイダーへ向かって突進していく。

『フシッ……！』

「あ……」

そして案の定、ジャイアントスパイダーの糸吐き攻撃をくらってしまう。

〝まーた糸吐き攻撃くらってらｗ〟
〝ピーンチ……！　普通の探索者ならなｗ〟
〝このパターンどこかで……〟
〝このあとの展開が目に浮かぶようだ……〟

『すみません、糸吐きくらっちゃいました……！』

〝いや誰に謝ってんだｗ〟
〝戦闘中に謝罪www〟
〝安定の余裕っぷりｗ〟

誰へ向けたものなのかよくわからない謝罪をしながら、画面の中の神木くんはブチブチブチブチとい
とも容易《たやす》く自分の体を絡め取っている糸を引きちぎる。

〝知ってたｗ〟
〝怪力すぎやｗ〟
〝この頃からすでに人外《じんがい》だったかｗ〟
〝やっぱ一年前も今と同じぐらい化け物やんｗ〟

『せっかくだから……これを使って……こうして……こうやって……！』

そしてジャイアントスパイダーの糸を引きちぎった神木くんは、なんとその糸を持ちながらジャイアントスパイダーの周りを縦横無尽に駆け巡り、その糸でもってジャイアントスパイダーの巨体をがんじがらめにする。

『フシィイイイイ！？！？』

神木の動きに反応できなかったジャイアントスパイダーが、いつの間にか自分の体が自分の吐いた糸によって絡め取られていることに気がつく。

「何しようとしてんだ？」

俺が過去の自分自身の行動の意図がわからずに首を傾げる中、画面の中の神木くんは、ジャイアントスパイダーの体を縛り上げている糸の両端を持って一気に引っ張った。

『あとは力を込めれば……!!　これで……!!』

メキメキメキメキ……!!

嫌な音とともに、ジャイアントスパイダーの体が折れてひしゃげた。

過去の俺が、ジャイアントスパイダーの糸を引っ張ったことで、ジャイアントスパイダーの体が締めつけられて、力に耐えきれず、ひしゃげたのだ。

〝ファー www〟

〝どんな倒し方だよｗｗｗ〟

〝糸を再利用したのかｗ〟

〝すげぇｗ　こんな倒し方見たことねぇｗ〟


コメント欄が俺の奇抜なジャイアントスパイダーの倒し方に盛り上がる。

別にこんなことしなくても普通に倒せるのに……

張りきってんなぁ。

どうにかしてコメントがもらいたかったんやろな……

『倒しました……！　どうでしょうか……？』

今度こそコメントとをください！　そんな表情で画面を覗き込む神木くんだが、相変わらずコメント欄はお通夜《つや》状態。

たった一人の視聴者はなかなか過去の俺にコメントというご褒美をあげない。

『これでもダメか……い、糸吐き攻撃くらったのが減点でしたか……？』


〝いや、お前はすごいぞ神木ｗ〟

〝十分やばいことしてるから安心しろｗ〟

〝普通の探索者なら糸吐きくらったところで普通にピンチだからなｗ〟

〝これ、コメントしないっていうかできないんじゃね？　あまりに神木がすごすぎてビビってるんだろｗ〟

〝→可能性あるわｗ　これ神木がやばすぎて絶句してるパターンやろｗｗｗ〟

『そうですよね……蜘蛛《くも》一匹倒したぐらいでコメントもらおうなんておこがましいですよね……次に行きます……』

〝うおおお‼　タイムマシンで過去に行ってコメントしてあげたい；；　お前はすごいよ感動したよって；；〟

〝不憫な神木くん、萌えます〟

〝可哀想な神木拓也……これはあり……〟

結局コメントもらえずじまいだった画面の中の神木くんは、がっくりと肩を落としてダンジョン探索を再開する。

その後、神木はあの手この手で下層のモンスターを屠っていき、そのたびに期待するようにコメント欄を見るのだが、どういうわけかこの一人の視聴者は、配信からいなくなりこそしないものの、決してコメントをしようとしなかった。

それにより神木は落ち込み、自分の配信がつまらないのかと悩み、ついには縛りプレイなどという意味不明な行為に出始めた。

『そうですよね……!!　ただ下層のモンスターを倒すだけなんてつまらないですよね!!　そんな配信コメントする価値もないですよね……!!』

「いや、何言ってんだこいつ」

なんか吹っ切れたような感じで、やばいこと言いだした過去の俺。

何、この配信者、目がキマっちゃってて怖い。


〝神木拓也闇落ちしたw〟

〝大将;;〟

〝あーあw　神木拓也壊れちゃったw〟

〝病んだ神木拓也最高!!〟


『わかりました……!　そういうことなら、俺、もう武器なんて使いません……!!』

画面の中の目のキマっちゃった怖い配信者は、いきなりそう宣言すると片手剣を鞘にしまった。

そして素手の状態でスキップしながらダンジョンを徘徊しだした。

『はははは!!　モンスターかかってこーい!!!』

「いやホラーすぎるだろ」

〝完全に壊れてらｗ〟
〝怖すぎwww〟
〝やべぇ神木拓也イかれちまった…〟

おかしくなった画面の中のホラー系配信者は、素手でダンジョンを歩き回り、出てきたモンスターを拳で殴り、壁に叩きつけて破壊していく。
『あはははは……楽しいなあああ！！！』

〝サイコパスやんｗ〟
〝素手でいったぁあああ！！！〟
〝笑いながら下層のモンスター殴りつけてるのサイコすぎるやろwww〟

「えぇ……」
怖すぎでしょこの人。流石に引くんだけど……
『あはははは～』
笑いながら素手で下層のモンスターを壊していくホラー系サイコ配信者。
だが、それでもどういうわけか、唯一の視聴者はコメントをしない。
……つか、よく見てられるな、この人。

『あははは!!　そうですよねえ！！！　手を使って勝ってもそんなの当たり前ですよねぇ!!

じゃあ、手も使うのやめますねぇ!!』

いまだコメント０なことでさらにスイッチが入ってしまったのか、画面の中のホラー系配信者さんは、手すら使うことをやめて、足だけで下層のモンスターを倒し始めた。

『あはははははは！！！』

笑いながらすれ違いざまにモンスターを蹴り上げ、蹴り飛ばし、踵落《かかとお》としで地面に叩きつける。

本来、人を見たら襲ってくるはずのモンスターたちが、画面の中のホラー系サイコ配信者を見て本能的恐怖でも感じたのか、踵《きびす》を返して逃げだす。

それを見て、ホラー系サイコ目ガンギマリ配信者さんは、さらに速度を上げて追いかける。

『あははは……！！！』

どれぐらいそんな笑い声を聞いていただろうか。

『はぁ、はぁ、はぁ……』

流石に疲れたのか、画面の中の神木く……ではなくてどこの誰とも知らないホラー系サイコ配信者が肩で息をしながらキマりまくった目で画面を覗き込んできた。

『ど、どうでしたか……はぁ、足だけで……下層のモンスターを……倒しましたよ……？』

〝やばすぎやｗ〟
〝こっわｗ　薬物中毒者の目やんｗ〟

〝足だけで下層のモンスター殲滅して回ってんのやばすぎｗ〟

〝これは流石にコメントするやろｗ〟

現在の俺の配信のコメント欄が大いに盛り上がる中、ずっとお通夜だった過去の俺の配信のコメント欄にようやく動きがあった。

〝創作動画を生配信風に流すのやめたほうがいいですよ〟

直後、０になる同接。

「え……」

画面の中の神木がぽかんと口を開けて固まる。

どうやら現実を受け止められず、フリーズしてしまったようだ。

〝あっ（察し）〟

〝やっぱそうだよなｗ〟

〝普通の反応ｗ〟

〝まぁ、現実とは思えんよなぁ……〟

〝しゃーなし〟

どうやら今の今まで見てくれていたたった一人の視聴者は、これが生配信ではなくあらかじめ作った創作動画を配信風に流していると思い、どこかへ行ってしまったようだった。

『……』

画面の中の神木くんはショックから立ち直れないのか、表情が消えた顔でずっとスマホの画面を見たまま立ち尽くしている。

「……」

俺は見ていられなくて過去の自分の配信をそっと閉じた。

……うん。

なんというか。

俺、よく配信やめなかったなマジで。

Re:Monster
リ・モンスター
1〜9・外伝
8.5
暗黒大陸編1〜4
金斬児狐
Kanekiru Kogitsune
170万部
シリーズ累計
（電子含む）
突破!
2024年4月4日〜!
TVアニメ
放送開始!!
（TOKYO MX、
BS11ほか）
ネットで話題沸騰!
怪物転生
ファンタジー
最弱ゴブリンの下克上物語 大好評発売中!
【小説】
1〜9巻／外伝／8・5巻
転生したのはまさかの最弱ゴブリン!?
◉各定価：1320円（10％税込）
◉illustration：ヤマーダ
新章
【小説】
暗黒大陸編
1〜4巻（以下続刊）
最弱ゴブリン最強黒鬼そして新世界の伝説へ!
新たな旅が今始まる!
65万部!
新シリーズ!
◉各定価：1320円（10％税込）
◉illustration：NAJI柳田
コミカライズも大好評!
【漫画】
1〜11巻（以下続刊）
転生したのは…最弱ゴブリン!?
異世界下克上
サバイバルファンタジー
累計23万部突破!!
待望のコミカライズ!!
◉各定価：748円（10％税込）
◉漫画：小早川ハルヨシ

異世界ゆるり紀行
～子育てしながら冒険者します～
1~15
水無月静琉
Minazuki Shizuru
シリーズ累計
110万部(電子含む)
突破!!
2024年7月
TVアニメ
放送開始!!
(テレ東・BSテレ東ほか)
1～15巻
好評発売中!
コミックス
1～8巻
好評発売中!
異世界ゆるり紀行 ～子育てしながら冒険者します～
水無月静琉
転生したら双子を保護しました。
子連れ冒険者の異世界のんびりファンタジー!
子連れ冒険者の
のんびりファンタジー!
神様のミスで命を落とし、転生した茅野巧。様々なスキルを授かり異世界に送られると、そこは魔物が蠢く森の中だった。タクミはその森で双子と思しき幼い男女の子供を発見し、アレン、エレナと名づけて保護する。アレンとエレナの成長を見守りながらの、のんびり冒険者生活がスタートする!
異世界ゆるり紀行 ～子育てしながら冒険者します～
水無月静琉
みずなともみ
1
転生したら幼い双子を保護しました。
シリーズ累計
15万部!!
◉各定価:1320円(10%税込) ◉Illustration:やまかわ
◉漫画:みずなともみ B6判 ◉各定価:748円(10%税込)

この作品に対する皆様のご意見・ご感想をお待ちしております。

おハガキ・お手紙は以下の宛先にお送りください。

【宛先】

〒150-6019 東京都渋谷区恵比寿4-20-3 恵比寿ｶﾞｰﾃﾞﾝﾌﾟﾚｲｽﾀﾜｰ 19F
（株）アルファポリス　書籍感想係

メールフォームでのご意見・ご感想は右のＱＲコードから、
あるいは以下のワードで検索をかけてください。

アルファポリス　書籍の感想　検索

ご感想はこちらから

本書は Web サイト「アルファポリス」（https://www.alphapolis.co.jp/）に投稿されたものを、改稿のうえ、書籍化したものです。

【悲報《ひほう》】売《う》れないダンジョン配信者《はいしんしゃ》さん、うっかり超人《ちょうにん》気《き》美《び》少女《しょうじょ》インフルエンサーをモンスターから救《すく》い、バズってしまう２

taki210（たきにーと）

2024年 4月30日初版発行

編集－芦田尚
編集長－太田鉄平
発行者－梶本雄介
発行所－株式会社アルファポリス
〒150-6019 東京都渋谷区恵比寿4-20-3 恵比寿ｶﾞｰﾃﾞﾝﾌﾟﾚｲｽﾀﾜｰ19F
TEL 03-6277-1601（営業） 03-6277-1602（編集）
URL https://www.alphapolis.co.jp/
発売元－株式会社星雲社（共同出版社・流通責任出版社）
〒112-0005 東京都文京区水道1-3-30
TEL 03-3868-3275
装丁・本文イラスト－タカノ
装丁デザイン－AFTERGLOW
印刷－中央精版印刷株式会社

価格はカバーに表示されてあります。

落丁乱丁の場合はアルファポリスまでご連絡ください。

送料は小社負担でお取り替えします。


ISBN978-4-434-33769-7 C0093